KB191002

어쩌면 우리는 평생 최강

고바야시 사요코 장편소설

김지혜 옮김

어쩌면 우리는 평생 최강

알토북스

차례

prologue

우리의 시대는 끝났다   6

1 할 수만 있다면 평생 최강이고 싶다   9

2 멋진 우리   49

3 니나는 생각 중   91

4 흔한 이야기는 하지 말자   129

5 멋대로 춤추지 마   163

6 여자와 여자와 여자와 여자   203

우리의 시대는 끝났다

갓 태어난 아기를 눈앞에 둔 네 명의 여자는 깨달았다.

태줄이 잘리고 닦인 몸으로 엄마의 가슴에 엎드린 그 작은 생물은 네 사람을 완전히 무너트릴 만큼 압도적인 '시작'의 덩어리였다.

아기는 정말로 시작으로 가득 차 있었다. 그래서 한밤중에 태어났지만 우리는 그녀의 이름을 '아사ᵃ(아침)'라고 지었다.

아사, 너에게는 네 명의 엄마가 있단다. 지금까지 수많은 밤을 함께 보낸 우리에게 너는 문득 쏟아진 아침 햇살이었어.

너는 시작 그 자체이자 우리 네 사람이 내린 결단의 결정체야.

태어나기 전부터 조금 특별한 사연이 있어서 미안해. 하지만 우리 네 사람은 평생을 바쳐서 너를 행복하게 할 거야. 우리의 힘이 닿는 한, 아마도.

1

할 수만 있다면
평생 최강이고 싶다

"요즘은 그냥 여자 친구들이랑 평생 살고 싶어!"

이때를 위해 일주일을 살았다고 해도 과언이 아닌 토요일 밤이었다. 카노코가 진한 하이볼이 든 큰 잔을 쿵 내려치듯이 테이블 위에 내려놓으며 말했다.

고등학교 때부터 10년을 사귄 유타와의 연애에 마침표를 찍고 약 반년이 지났다. 그러나 여전히 쌩쌩하게 감정이 널뛰는 카노코의 말에 미오, 아키, 유리코는 전혀 동요하지 않고 고기를 먹었다.

"어차피 어떤 남자를 만나든 섹스가 뜸해지다 결국 친구처럼 변할 텐데. 그럴 거면 차라리 오래 우정을 나눈 여자랑 가족이 되는 편이 낫지 않아?"

"여자끼리 아이를 만들 수 있으면 그것도 좋지."

술기운이 올라 고기가 쌓이기 시작한 카노코의 앞접시 대신 아키와 유리코의 앞접시에 적당히 고기를 나눠 주며 미오가 말했다.

"그래! 그게 문제야! 나는 아이를 만들어 줄 수가 없어서 남자한테 여자 친구를 뺏기잖아! 젠장, 나한테 여자랑 아이를 만들 수 있는 기능만 있으면 소중한 너희를 절대로 남자 따위한테 뺏기지 않을 텐데!"

카노코의 거창한 말에 세 사람이 깔깔 웃었다.

"그런데 여자 친구들이랑 살면 진짜 재미있겠다."

"그러게."

"서로 서른이 돼도 짝이 없으면 결혼하자고 남자랑 약속하는 것보다 서로 서른다섯이 돼도 짝이 없으면 가족이 되자고 여자랑 약속하는 편이 훨씬 설레지 않아?"

"엄청 설레지!"

"그러면 내가 서른다섯이 돼도 짝이 없으면 아무나 좋으니까 나랑 결혼해 줘."

"서른다섯은 너무 촉박하지 않아? 마흔으로 하지 않을래?"

"서른다섯이 되는 것도 금방이겠지. 이제 10년도 안 남았잖아. 먼 미래일 줄 알았던 도쿄 올림픽이 벌써 내년이잖아."

맞아. 그나저나 도쿄에서 개최한다고 발표된 게 언제였더라? 바로 검색해 보니 2013년이었다. 2013년이라니. 애매하다. 그 무렵, 우리는 스물한 살이었다. 다들 어떤 남자랑 사귀고 있었지? 아직 처녀였던 사람도 있지 않았나?

"7년 후 같은 건 평생 안 올 줄 알았는데."

"하지만 이렇게 바로 코앞까지 다가왔잖아."

"7년 뒤면 스물여덟 살이니까 육아 휴직 신청하고 느긋하게 올림픽 경기나 봐야겠다고 생각했던 때가 있었는데."

"그럴 조짐이 아예 없잖아."

"유일하게 가능성이 있던 카노코도 이 모양이고."

"그래도 지금부터 힘내면 올림픽 육아 휴직 대작전은 가능하지 않을까?"

"낳을까? 다 같이. 못 낳으면 벌칙 게임 하기?"

"착상 카운트다운 시작인가요?"

"다들 내 말 제대로 들었어? 나는 진심으로 우리 중 누구하고든 죽을 때까지 같이 살고 싶다고. 진심이라니까. 네 명 전부랑 같이 살기를 바라지는 않아. 하지만 적어도 한 명은 나랑 끝까지 함께 해 줬으면 좋겠어."

"이런 말을 해 놓고 카노코가 제일 먼저 남자를 만들어서 배신하지 않을까."

미오의 말에 아키와 유리코가 "맞아.", "안 봐도 뻔하지."라며 동의했다.

10년 만에 자유의 몸이 된 지난 반년 동안 카노코는 정신을 놓은 사람처럼 닥치는 대로 남자를 만났다.

"너무 나를 못 믿는데? 그런데 사실 나도 그렇게 생각해!"

"왜냐하면 나는! 남자를 너무 좋아하니까…! 남자 최고야! 남자…! 항상 안게 해 줘서 고마워…!"

카노코가 진한 하이볼을 전부 들이켰다.

"바보 아냐…? 얘 진짜 바보야… 너무 웃겨…."

유리코는 진한 하이볼을 추가로 주문하며 말했다.

최근 들어 본래 교양과는 거리가 먼 카노코의 상스럽고 경박한 말투가 점점 더 심해지고 있었다.

처음에 세 사람은 실연으로 인한 충격 때문이라고 생각했었다. 그러나 점점 이 녀석은 그냥 본질적으로 뼛속부터 상스럽고 경박한 인간일지도 모른다고 생각하게 됐다. 지금에 와서는 스물여섯 살이 될 때까지 유타 단 한 사람하고만 사귀었다는 사실을 믿을 수가 없는 지경에 이르렀다.

고등학교 동창이었던 네 사람은 각각 묘하게 소원해진 시기가 있었으나 ― 유리코가 재미 삼아 신청한 교환학생 프로그램에 덜컥 합격해서 1년 동안 캐나다로 유학을 가거나, 카노코가 만화 연구회 간부가 되어 동아리 운영과 본인의 창작 활동에 몰두하거나, 미오가 졸업 후 우량 대기업에 입사하자마자 사내에서 가장 힘든 부서에 배치되어 매주 주말마다 출근하거나, 아키가 공급이 넘쳐 나는 장르에 푹 빠져서 온라인 안티 게시물 신고와 티케팅에 피땀을 쏟는 등 ― 큰 다툼 없이 10년 이상 어울리고 있다.

원래부터 술을 잘 마시는 편이었으나 실연의 아픔을 달래려는 듯이 죽도록 술을 마시는 카노코에게 휩쓸려 모두 한층 더 주량이 늘었다. 그러다 상대들이 자기보다 먼저 취해 버리면 재미가 없다 보니 최근에는 누가 먼저 취하는지 겨루듯이 술을 마시게 됐다. 오래 같이 어울리다 보면 술을 마시는 스타일뿐만이 아니라 생리 주기가 비슷해지거나 남자 친구가 없는 시기까지도 한꺼번에 겹치기도 한다.

핀볼처럼 온갖 모서리에 부딪히며 화장실에서 돌아온 카노코를 보며 유리코가 웃었다.

"얘 진짜 취했네. 진짜 웃기다."

"당연하지. 오늘은 1등으로 취하려고 일부러 헌혈까지 하고 왔다고."

"카노코, 너는 남자가 없을 때가 더 재미있으니까 평생 남자 친구 만들지 마."

"응? 그러니까 남자 없이 평생 같이 살자고 몇 번이나 말했잖아. 얘기 좀 똑바로 들어. 나랑 같이 살면 평생 재미있게 해 줄게. 두고 봐. 나랑 같이 살면 얼마나 재미있는지 똑똑히 느끼게 해 준다니까."

"그런데 진짜로 우리 넷이 같이 살면 매일 엄청 재미있겠다."

작년에 우리 중에 제일 큰 텔레비전이 있는 미오네 집에서 술을 마시며 'M-1 그랑프리(일본 최고의 입담꾼을 가리는 대회)'를 봤을 때도 진짜 재미있었다는 얘기가 나오며 흥이 올랐다. 서로 동갑인 시모후리 묘조(요시모토 공업에 소속된 코미디 듀오)가 우승했다. 전혀 상관없는 네 사람도 왠지 모르게 우승한 듯한 기분을 만끽했다.

혼자 집에 있으면 온라인 동영상만 보게 되지만, 친구와 함께 보는 텔레비전은 유난히 재미있어서 새삼스럽게 '어라? 텔레비전이 원래 이렇게 재미있었나?'라고 생각하게 된다. 매일 그렇게 살 수 있다는 거잖아. 최고 아니야? 다 같이 모여서 실시간으로 음악 방송이나 예능 방송을 보자. 재미없는 회사 회식은 전부 제치고.

그런 이야기를 하다 보니 카노코 안에서는 한시라도 빨리 넷이 같이 살아야겠다는 마음이 점점 커졌다.

"그러면 일단 2년 정도 같이 살아 볼래?"

그 제안에 아키와 유리코는 긍정적으로 반응했다.

"나쁘지 않은데? 혼자 사는 것보다 경제적이고."

"지금 아니면 못 하는 거니까 괜찮을 것 같아."

미오는 아예 필기도구를 꺼내서 네 사람의 집 계약 기간을 확인하기 시작했다.

머리를 맞대고 가장 적절한 집 위치와 집세의 마지노선을 고민하고, 방 네 개짜리 집을 찾을 거라면 주택이 낫겠다는 이야기도 나왔다. 검색에 열중하다 보니 스마트폰 화면을 들여다보는 눈이 점점 진지해졌다. 어른이라는 것은 마음만 먹으면 진짜로 해낼 수 있으니 참으로 즐겁다.

이직하고 싶다는 말을 입버릇처럼 하는 아키의 다음 회사가 결정되면 네 명의 근무지를 고려해서 구체적인 집을 찾자고 의장인 미오가 선언했다.

"대애박! 그런데 면접을 보려면 유급 휴가를 받아야 하잖아. 그게 가능하려나."

헤실헤실 웃는 아키의 스마트폰을 빼앗은 유리코가 희망 조건을 듣고 재빨리 적당한 회사를 찾아냈다. 그러곤 그 자리에서 두 곳에 이력서를 제출한 후에 고깃집을 나섰다. 술기운에 뜨끈해진 손을 겹치고 '룸 셰어 원년 만세'를 밤하늘에 외쳤다. 이 네 명이 함께 사는 2년은 무엇과도 바꿀 수 없는 찬란한 시간이 될 것이다. 스물여섯 살, 독신인 우리는 도쿄의 주인공이었다.

"왠지 집에 가기 싫지 않아?!"

괜히 헤어지기 싫은 마음에 너 나 할 것 없이 다 같이 비틀거리며 미오의 집으로 향하는 전철을 탔다.

미오의 집에서 가장 가까운 역에 도착하자마자 빨려 들어가듯이 편의점에 들어가 이것저것 샀다. 넷 다 감정과 성량을 조절할 수 없는 지경이 된 탓에 길가에서 발이 걸려 넘어진 아키를 둘러싸고 숨이 멎도록 웃었다.

미오의 집에 와서는 큰 소리로 떠들 수가 없어서 키득거리며 웃음을 참고, 번갈아 가며 몸을 씻었다. 침대와 그 옆 바닥에 깔린 이불에 둘씩 나눠 눕고 30분쯤 지나자 겨우 대화가 조금씩 끊어지기 시작했다.

평소에는 웃긴 얘기를 하며 깔깔대는 넷이기는 하다. 그러나 이렇게 바짝 붙어 누워 있을 때면 몽롱한 잠기운과 속에서 달콤해진 공기 때문에 평소에 꺼내지 못한 중요한 말을 할 수 있을 것만 같은 기분이 들었다.

하지만 평소에 꺼내지 못한 말 중에 모두가 알아주길 바라는 중요한 이야기가 대체 무엇일까? 무언가 중요한 이야기를 하고 싶어 막연히 애가 타지만, 술에 취한 네 사람은 구체적으로 하고 싶은 말이 무엇인지 알 수 없었다.

각자의 일과 남자에 대한 불만을 농담처럼 털어놓기는 해도 정작 본인에게 정말 절실한 이야기를 네 명이 함께 나누는 일은 흔치 않았다. 견디기 힘든 감정의 파도에 휩쓸려 홀로 몸을 웅크린 채 숨죽이는 밤에는 모두에게 '이 고통을 이해받고 싶다.', '다음에 만나면 꼭 얘기해야지.'라고 굳게 다짐한다. 그러나 막상 얼굴을 보면 전하고 싶었던 무거운 말들은 금세 안개처럼 사라지고 힘든 일 따위는 아무런 상관도 없어져서 그 자리의 분위기와 즐거움에 몸을 맡겨 버리고 만다.

네 명이 함께 있으면 지나친 친밀감 덕분에 콩트 같은 대화를 영원히 이어 갈 수 있다. 그래서일까, 결국 의미 없는 얘기로 시간을 허비하느라 매번 중요한 얘기를 꺼내지 못했다. 다른 친구가 "그러고 보니 미오가 후배를 가르치느라 힘들다고 하던데 괜찮을까?"라고 마치 당연히 내가 알고 있을 거라는 듯이 이야기를 전해주면 막상 나는 처음 듣는 이야기일 때가 종종 있다. 그럴 때면 어쩌면 우리는 서로를 전혀 모를 수도 있다는 생각에 불안해지기도 했다.

예를 들어 미오, 아키, 유리코는 본인의 실연을 농담거리로 삼으며 웃는 카노코가 사실 상처받았다는 사실을 막연히 느끼고는 있었다. 하지만 카노코가 유타와 사귈 당시 섹스리스로 고민했다는 사실이나 그 와중에 유타가 바람을 피웠으며 여전히 그 사실로 인해 고통받고 있다는 사실은 전혀 알지 못한다. 고민을 털어놓고 서로 위로하거나 만날 때마다 인스타에 게시물을 올리는 짓 따위 안 하는 네 사람이 10년 넘게 함께 보낸 시간 속에 과연 남은 것이 있을까. 그래도 우리는 넷이 실컷 웃으며 콩트를 할 수 있으면 그걸로 충분하다.

누군가가 먼저 입을 열기를 기다리는 듯한 초조하고 간질간질한 침묵이 이어진 후에 미오가 입을 열어 물었다.

"저기, 결혼하고 싶거나 아이를 가지고 싶어?"

네 사람은 그러한 인생의 중요한 주제에 대해 한 번도 이야기해 본 적이 없었다. 그래서 서로가 결혼을 원하는지도 아이를 원하는지도 몰랐다. 보통은 절친한 친구가 결혼이나 출산을 원하는지 다 알고 있나? 다들 다른 친구랑 그런 대화를 하는 걸까? 애초에 네 사람은 본인이 무엇을 원하는지조차 몰랐다.

음, 소리를 내며 한참 고민한 카노코가 말했다.

"유타랑 사귈 때는 언젠가 결혼해서 아이를 낳을 줄 알았는데. 헤어지고 나니까 내가 뭘 원하는지 잘 모르겠더라."

"나도 결혼은 잘 모르겠지만… 남편도 아이도 없이 몇십 년을 혼자 즐겁게 늙어 갈 자신은 없어."

"지금이 즐겁기는 한데 말이지."

"나한테 질릴 것 같아."

"인터넷에서 봤는데 일과 돈, 사랑 이 세 가지 중 두 가지만 만족스러우면 행복한 인생이래."

"두 가지라니 너무 어렵잖아!"

"나는 지금 만족스러운 게 하나도 없는데."

"사랑을 우정으로 바꾸면 안 되나? 우정은 연애보다 약한가?"

"우애여도 괜찮지 않을까? 사랑은 사랑이니까. 가족애 같은 거랑 비슷하잖아."

"우애여도 되면 우리는 적어도 하나는 클리어한 거네!"

"우리는 사랑이 넘치는 4인조니까."

장난스러운 아키의 말에 네 사람은 각자 앞으로 펼쳐질 2년을 상상했다.

"2년이나 같이 있다 보면 평생 같이 있고 싶어지지 않을까?"

"그럴 것 같아! 분명히 그럴걸!"

"어떡해!"라고 말하며 유리코가 베개를 끌어안았다.

"있잖아, 우리 진짜로 가족이 되기로 할까? 평생 같이 사는 거야. 그런 인생도 나쁘지 않을 것 같지 않아?"

카노코의 말에 바닥에 누워 있던 아키와 유리코가 벌떡 일어났다. 침대 위에 엎드려 있던 카노코와 미오도 어느새 상체를 일으켜 네 사람은 얼굴을 마주 보며 씩 웃었다.

"나쁘지 않네!"

"오히려 좋아!"

그것은 네 사람에게 있어 아직 만나지 못한 남자와 사랑에 빠져 결혼하고 아이를 가지는 일보다 훨씬 실현 가능성이 높고 확실한 행복이 보장된 계획처럼 느껴졌다.

"2년이 아니라 그냥 넷이 계속 같이 살자. 누가 적당히 만들어 온 아이를 같이 키우는 것도 좋겠다."

카노코가 말하자 미오도 동의했다.

"애초에 나이랑 성별이 전혀 다른 사람들이 피가 이어졌다는 이유로 가족이 되는 것보다, 나이가 비슷한 동성이 모여서 같이 사는 편이 훨씬 효율적이잖아."

"나왔다! 미오의 합리성 지상주의."

"가족한테 효율을 따지면 어떡해."

"카노코가 '역시 남자가 좋으니까 빠지겠다.'라고 하면 어쩔 수 없지만, 그때는 3일 밤낮으로 송별회를 하자. 이름하여 '탈출 같은 소리 하네.' 파티!"

"그건 탈출이 아니지! 탈락이야, 탈락!"

"웃기지 마! 나는 절대로 탈락할 일 없거든! 무슨 일이 있어도 너희 다 먼저 저세상에 간 다음에 갈 거니까 부끄러운 데이터는 다 지워 둬라!"

아하하, 하고 소리를 내어 웃으며 또 다 같이 이불에 파고들었다. 마침내 네 사람에게 본격적으로 졸음이 쏟아져서 모두 비슷한 꿈을 꾸며 잠이 들었다.

다음 날 점심 무렵에 꿈지럭대며 일어난 네 사람은 집에서 입는 촌스러운 옷을 걸친 채 슈퍼에 가서 식재료를 잔뜩 사 들고 와 핫샌드위치를 만들어 먹었다. 그러곤 너무 많이 먹어서 영원히 배가 안 고프겠다고 떠들어 대며 닌텐도 스위치로 '마리오 파티'와 '대난투 스매시 브라더스' 게임을 번갈아 하기 시작했다. 그러다 보니 어느새 해가 저물어 버렸다. 곧 다가올 월요일의 무게가 서서히 네 사람을 압박했다.

죽을 때까지 이렇게 살고 싶다고 생각하는 한편, 만약 정말로 우리가 가족이 된다면 죽을 때까지 이렇게 살 수 있다는 생각에 행복을 예감하면서도 조금 겁을 먹었다.

노는 시간이 끝나고 네 사람에게 평등하게 월요일이 찾아왔다. 미오가 품의稟議 승인 도장 찍기 순서와 물밑 교섭 꼼수를 후배에게 전수하고, 유리코가 승인이 급한 안건의 레이아웃보다 외모를 먼저 칭찬하는 프로젝트 매니저에게 거칠게 따지고, 아키가 혼잣말인지 남에게 하는 말인지 판단하기 어려운 선배의 중얼거림을 실례가 되지 않는 선에서 적당히 넘기며 멍한 표정으로 도시락을 먹을 때, 카노코는 아직도 집 침대에 누워 있었다.

카노코는 작년에 전자부품 제조사의 총무 업무를 그만두고 전업 순정 만화 작가로 활동하고 있다. 슬슬 일어나서 원고를 시작해야 하는 시간이지만, 즐거웠던 주말의 반동反動으로 죽고 싶어져서 오후가 되어도 침대에서 나올 수 없었다.

넷이 함께 있을 때는 그저 끝없이 즐겁고 춤추며 거리에서 돌아다니기도 하면서 '앞으로는 뭐든 할 수 있을 것 같아!', '남자와 헤어진 건 사소한 일이야!', '만화도 언젠가 팔릴 거야!'라고 떠들었다. 아무 근거 없이 낙천적이고 무적이 된 듯한 기분이 들었다. 하지만 그만큼 다음 날의 반동이 심했다. 눈을 뜬 순간부터 어젯밤의 만능이 된 듯한 기분은 도대체 뭐였나 싶을 정도로 모든 것이 불안해져 버렸다.

'죽고 싶다.'

멍하니 그런 생각을 한다.

카노코는 유타와 헤어진 뒤 처음으로 죽고 싶다는 감정을 알게 되었다.

죽고 싶다는 표현은 정확하지 않았다. 조금 더 정확히 말하자면 '5년 후든 20년 후든, 언젠가는 반드시 진심으로 죽고 싶다고 느낄 날이 올 것이라는 공포'가 카노코를 덮쳤다. 지금은 아직 눈앞에 즐거운 일도 있고 젊다. 섹스할 상대도 있으니까 진심으로 죽고 싶지는 않고 여러 문제가 심각하지 않은 상태지만.

'15년 후의 나는 어떨까? 남자도 접근하지 않고, 만화 판매량도 별 볼 일 없고, 친구들도 가정을 꾸려서 지금처럼 함께 놀 수 없게 되면 나는 대체 어쩌지? 언젠가 정말로 심각하게 죽고 싶어지는 날이 찾아올 것만 같아서 두렵다. 요약하자면, 죽고 싶다.'

카노코는 이불 속에서 눈을 감은 채 어젯밤 넷이 나눴던 대화를 하나하나 떠올리며 조금씩 죽고 싶은 마음을 떨쳐 내고 책상 앞에 앉을 힘을 쌓았다. 하루빨리 모두와 함께 살며 반동에 휘둘릴 틈 조차 없을 정도로 매일 최강이고 싶은 마음이 들었다.

고깃집에서 셰어하우스 이야기를 한 날로부터 2주가 지난 저녁. 미오와 아키, 유리코는 우에노의 한국 음식점에서 치즈 닭갈비를 먹고 있었다. 카노코가 없어도 그 나름대로 분위기는 고조되지만 네 명이 모였을 때의 딱 맞아떨어지는 만족감과는 거리가 멀어 평소의 75% 정도의 흥으로 그칠 뿐이다. 오늘처럼 누군가 결석하거나 늦게 오는 일은 당연히 있지만, 중요한 화제는 모두 모였을 때만 꺼낸다는 암묵적인 합의가 있다. 인생의 과정을 모두가 실시간으로 파악하길 바라기 때문에 모두에게 들려주고 싶은 얘기가 있을 때 넷이 모이지 않으면 답답한 기분이 든다.

그 시간 카노코는 셋이 식사 중인 가게에서 가까운 태국 음식점에서 소개팅 앱으로 연결된 남자를 만나고 있었다. 설렘도 없지만 불쾌함을 주는 남자도 아니었다. 결정적인 요소가 없었다. 뭔가 결정적인 감점 요소가 있으면 재빨리 가게를 나와 세 사람과 합류하고 싶어서 안달이 날 텐데 남자는 꼬리를 드러내지 않았다. 무슨 이야기를 해야 할지 몰라 계속 술만 들이켰다. 메콩 하이볼을 마셔 대다 취기가 돌아 '어차피 나는 외롭게 죽을 거야, 외롭게 죽을 거라고요.'라고 중얼거리자 당신은 아직 젊고 충분히 매력적이니 괜찮을 거라는 위로를 받았다. 과도하게 자학함으로써 억지로 상대가 자기 삶을 긍정하게 만드는 상심 해러스먼트라는 이 수법은 카노코가 자주 써먹는 것이다. 상당히 악질적이라 할 수 있다. 진심으로 그렇게 생각하지 않는데도 입 밖으로 내뱉음으로써 정말로 고독하게 죽는 미래를 불러들이고 있는 듯해서 두려웠다.

웃기지 마! 잘 들어, 절대 나는 고독하게 죽지 않아.

'헤어졌어. 지금 어디야?'라는 카노코의 그룹 메시지를 받은 세 사람은 계산을 마치고 가게를 옮겼다. 2차 모임 장소인 이자카야에 약간 늦게 도착한 카노코는 쿵쿵 벽에 부딪히며 자리로 오더니 토할 것 같다고 한마디 뱉어 낸 후 털썩 앉았다.

그러더니 신음하듯이 카노코가 말했다.

"잘 모르겠지만 내가 마음에 들었나 봐. 다음에는 초밥을 사 주

겠대."

"진짜? 첫 데이트에서 이렇게 취했는데? 어떤 남자야?"

흥미진진한 표정으로 유리코가 물었다.

"음, 뭔가 무해한 생물에 고추가 달린 것 같은 남자였어."

카노코가 그렇게 말하자 유리코가 곧바로 받아쳤다.

"고추가 달려 있으면 됐지!"

그래! 고추만 달려 있으면 된다며 둘이 웃었지만, 굳은 표정의 미오는 차가운 눈으로 카노코를 쳐다봤다.

"그나저나 아직도 소개팅 앱 같은 걸 하고 있었어?"

"응? 엄청 열심히 하는 건 아니야."

카노코가 이용하는 소개팅 앱은 유타가 바람을 피웠을 때 반쯤 앙갚음하는 마음으로 가입한 것이었다. 그러다 바보 같다는 생각이 들어 탈퇴했다가 유타와 헤어진 후 다시 등록했다.

"상대방 프로필 좀 보여 줘."

카노코가 심상치 않은 분위기에 압도당하면서 오늘 만난 남자의 프로필 페이지를 열어 건네자 미오는 눈살을 찌푸린 채 천천히 스크롤했다.

"…왜 이 남자한테 '좋아요'를 눌렀어? 진짜 재미없어 보이는 남자인데."

"그냥. 딱히 이유는 없어."

카노코는 지금까지 이왕이면 안주가 될 만한 남자를 만나고 싶다며 자기소개를 모스 부호로 적은 남자(여자 만날 생각이 있긴 할까)나 취미란에 '예지몽'이라고 적은 남자(무슨 소리야, 대체), '매춘부 사냥이 요즘 취미입니다!'라고 적은 남자(자세히 보니 '급류 래프팅'이었기 때문에 상태가 안 좋은 건 카노코라는 사실이 밝혀졌다) 등 웃긴 요소가 있는 남자한테는 '좋아요'를 눌렀다. 이들로 인해 웃긴 사건이 생길 때마다 신나서 세 사람에게 공유했다.

"세타가야 구청 근무라니. 이건 적당히 놀고 끝낼 상대가 아니잖아. 완전히 평생 함께할 남자를 전제로 '좋아요'를 누른 거잖아! 그냥은 무슨 그냥이야! 그리고 이 남자 얼굴, 네 취향 아니잖아. 네가 귀여운 얼굴에 피부가 더러운 남자를 좋아하는 건 내가 다 알거든!"

"아니, 남자들은 사진을 잘 못 찍어서 기본적으로 프로필 사진보다 훨씬 괜찮은 사람이 나온다니까."

"그런 말은 됐어. 역시 카노코가 여자 친구들이랑 평생 살고 싶다느니 하는 건 그냥 입으로만 하는 말이구나."

"어, 미오. 혹시 화났어?"

불안한 듯 눈동자가 흔들리는 카노코가 물었다.

대각선에 앉아 있던 아키와 유리코는 잠시 눈을 마주치더니 입을 열지 않고 카노코와 미오의 대화를 지켜봤다.

"딱히 화는 안 났어. 단지 남자랑 헤어져서 상태가 별로인 카노코의 말을 진지하게 받아들여서 조금이라도 진심이 됐던 나한테 실망했을 뿐이지."

"나는 진심으로 모두랑 평생 함께 살 수 있으면 좋겠다고 생각했다고!"

"그런데 실제로는 결혼 상대를 찾고 있잖아. 앱에서."

"딱히 결혼 상대를 찾지는 않았지만, 안정적인 직업을 가진 남자에게 끌렸다는 점은 인정할게. 나는 직업이 불안정해서 불안하거든. 진짜 매일 매일 불안해. 불안해서 눈물이 날 정도야."

"불안한 건 나도 마찬가지야."

"대기업에서 일하는 미오랑 나는 차원이 다르다고."

"무슨 소리야. 만화가가 불안정한 직업이라는 걸 알면서도 직장을 그만둔 건 카노코잖아. 혹시 대기업에 취업한 나는 불안을 안 느낀다고 생각해? 결국 카노코는 말은 그렇게 해도 남자를 더 좋아하는 거야. 정신적으로나 경제적으로나 여자보다 죄책감 없이 기댈 수 있으니까! 여자 친구들이랑 서로 의지하며 살아가는 건 역시 카노코한테는 무리야. 너는 서로 의지하고 싶은 게 아니라 그냥 기대고 싶은 것뿐이잖아. 이제 여자 친구들끼리 같이 살자는 꿈같은 소리 하지 말고, 깔끔하게 네가 기댈 수 있는 남자를 찾아. 그것도 하나의 취업 활동이니까. 젊고 유리할 때 결혼을 목표로 하는 게 나을걸?"

하지만 카노코에게 이렇게 쏘아붙이는 미오도 당장 넷이 평생 같이 살겠다는 각오를 하지는 않았다. 다른 세 사람도 그 점을 알고 있었다.

평소의 넷이라면 상상할 수 없는 긴 침묵이 흐른 뒤, 미오는 민망한 표정으로 사과했다.

"미안, 말이 너무 심했어. 요즘 일이 바빠서 좀 짜증이 쌓여 있었나 봐."

"나도 미안해."

카노코도 작은 목소리로 사과했다.

카노코와 친구들은 고등학교에 입학하고부터 10년 넘게 알고 지냈으나 싸움이나 말다툼을 한 경험이 없다. 그것은 사이가 좋다는 방증이라기보다는 지금까지 심각하고 절실한 문제를 함께 마주하지 않았다는 사실에 대한 증명이었으며, 지금 네 사람은 그대가를 치르고 있었다.

아키가 망설이면서 입을 열었다.

"어떻게 하면 불안하지 않을 수 있을까. 괜히 선택지가 많으니까 더 고민하게 되는 건가?"

도쿄에 사는 26세, 대졸자인 네 사람에게는 선택지가 너무 많아서 불안할 정도로 자유로웠다. 무엇을 선택하든 상관이 없어야 하는데, 가장 많은 사람이 선택하고 가장 목소리가 큰 '남자와 결혼해서 출산'이라는 계획이 전형적인 행복처럼 보이는 탓에 혼란스럽고 짜증이 난다. 아마존Amazon에서 '여자 친구들과 평생 살기!'라는 패키지를 판매하고, 별 5개짜리 리뷰가 100개 달려 있으면 안심할 수 있을까. 행복해 보인다, 보인다, 보인다. 보인다는 것이 전부다. 우리는 행복과 행복해 보이는 것을 구별하지 못한다.

"정말로 우리 사이에 아이가 생기면 더는 고민하지 않을 텐데."

카노코가 작게 중얼거렸다.

"나, 딸이 생기면 같이 하라주쿠에 있는 다케시타 거리에 가고 싶어."

카노코와 친구들은 지금 직면한 중요한 문제에 대해 제대로 논의해야 할 상황이었는지도 모른다. 그러나 익숙하지 않은 말다툼을 한 카노코와 미오에게는 그럴 기력이 없었고, 소심한 아키는 그 화제를 다시 꺼낼 용기가 없었으며, 동요가 적은 유리코는 이 문제가 얼마나 절실한지 제대로 파악하지 못했다.

넷 다 의미 없는 얘기를 할 때만 말이 술술 나오고 진지함을 유지할 능력이 없었다. 장난 외에 다른 방법으로 상황을 정돈할 줄 몰랐다. 네 사람은 카노코와 미오의 말다툼을 없던 일로 만들기라도 하듯이 술을 많이 마시고 가상의 아이에 관한 이야기로 분위기를 띄우며 다시 익숙한 흐름에 몸을 맡겼다. 그렇게 아무 의미 없는 즉흥극으로 떠들썩하게 웃으며 밤을 지새웠다.

아키의 이직 활동은 좀처럼 진행되지 않고 룸 셰어 계획도 진전이 없었다. 현재 사무기기를 취급하는 회사의 영업 사무직으로 일하는 아키는 결국 다음에 자기가 하고 싶은 일이 뭔지 모르겠다고 가볍게 말했다. 하지만 그것이 모두에게 절실한 질문이라는 점도 답이 없는 문제라는 점도 명확했다. 그래서 누가 먼저라고 할 것도 없이 "좋아, 그러면 다음에는 넷이 키자니아라도 가자!"라는 말과 함께 장난으로 넘겨 버렸다. 바로 검색하자 키자니아 도쿄에서 직업 체험을 할 수 있는 나이는 세 살부터 열다섯 살이지만 동행하는 어른도 함께 체험할 수 있다는 정보를 확인하고는 아키가 지금 가장 좋아하는 아이돌 연습생이 열네 살이니 "야! 걔한테 데려가 달라고 부탁해!"라며 시끌벅적하게 떠들었다.

아키의 직장이 정해지기 전까지 구체적으로 움직이지 못하기에 오히려 가상의 셰어하우스에 관한 이야기는 활기를 띠었다. 카노코가 그룹 대화방에 '방마다 동서남북에 따라 이름을 붙이자! 사신四神 같은 느낌으로.'라고 보냈다. 그러자 미오는 '왠지 북쪽의 현무 같지 않아?'라고 보냈다. 이어서 '현무는 좀 들러리 같은데? 싫어.', '나는 주작이 좋아. 양보 못 함.', '해리포터 기숙사 이름은 어때?' 따위의 답장이 돌아왔다.

또 어느 날은 아키가 '셰어하우스에서 고슴도치를 키우기 시작했습니다.'라는 메시지를 보냈다. 미오는 '거실에 북극곰 의자를 놓기로 했습니다.'라며 라쿠텐의 URL을 보냈다. '오늘은 NO! 야근데이니까 셰어하우스 근처에 있는 구민 수영장에서 수영하고 갈게.'라며 유리코가 보고했다.

실제로는 아무것도 진행되지 않지만, 상상 속 셰어하우스의 세부 사항은 착실히 채워져 갔다. 이윽고 유리코가 '셰어하우스를 정리하기 전날 밤, 바닥에 앉아서 술을 마시며 다 같이 펑펑 울었습니다.'라는 메시지를 보냈을 때는 셋이 멋대로 끝내지 말라고 화를 냈다.

카노코와 미오가 말다툼을 한 날부터 진지하게 받아치지 않는 대화는 더욱더 박차를 가했다. 우리에게 어울리지 않는 말다툼이라는 일이 있었기 때문에 우리다움을 되찾기 위해 누구랄 것도 없이 과하게 장난스러운 모습을 보이는 듯했다. 그러나 이야기가 활기를 띨수록 룸 셰어 계획은 어딘가 점점 더 허구처럼 느껴졌고 네 사람에게게서 멀어지는 듯해서 도리어 불안해졌다.

맑게 갠 토요일 오후. 네 사람은 각자 머리를 단정히 올리고 파티 드레스를 입은 채, 하얀 천이 깔끔하게 덮인 원형 테이블에 앉아 있었다. 카노코 쪽 자리에는 카노코를 포함한 네 명과 그 맞은편에 유타를 포함한 네 명의 남성이 자리 잡고 있었다.

예식장 접수처에서 좌석 배치표를 받고 자리를 확인한 순간 카노코를 제외한 세 사람은 가슴이 철렁 내려앉았다. 네 사람의 고등학교 동창인 신랑 신부는 카노코와 유타가 10년간의 연애에 종지부를 찍었다는 사실을 모른 채(아마도) 호의로 두 사람을 나란히 배치했다. 세 사람이 조심스럽게 표정을 살피자 카노코는 좌석 배치표로 얼굴을 부채질하며 "하하, 웃기네."라고 중얼거렸다. 억지로 강한 척하는 것이 아니라 진심에서 우러나온 순도 100%의 "하하, 웃기네."였다.

원형 테이블 위에 놓인 카노코의 이름표에는 신부의 친필 메시지가 적혀 있었다. '카노코♡ 오늘 와 줘서 고마워♡ 카노코도 유타랑 행복하길 바라♡' 그리고 옆의 유타 자리를 보니 이름표에 비슷한 내용이 적혀 있었다(유타도 카노코를 행복하게 해 줘♡).

마치 자신이 신랑이라도 된 것처럼 긴장된 얼굴로 등장한 유타에게 카노코가 먼저 다가가 서로의 이름표를 가리키며 웃었다.

"여기, 이 메시지 좀 봐!"

유타와 친구들은 카노코의 겉으로 보이는 온화한 태도에 안도하는 기색을 보였지만 미오, 아키, 유리코는 속으로 혀를 찼다. 카노코는 이런 상황에서 반사적으로 광대 역할을 연기하는 성향이 있기 때문이다. 카노코는 내면에 존재하는 광대를 제대로 길들이지 못한 것이다. 결국 우리의 카노코가 훨씬 손해를 보고 있는 셈이었다.

"이거 진짜 고도의 유머잖아! 사진 찍자, 사진."

카노코는 유타와 얼굴을 가까이 대고 서로의 이름표를 얼굴 옆에 들고 활짝 웃으며 셀카를 찍기 시작했다. 셔터가 눌리는 순간에 보인 유타의 장난스러운 표정이 얄미웠다.

"아, 진짜 웃기네. 이거 인스타에 올려야지."

스마트폰으로 사진을 확인한 카노코는 빠르게 자판을 두드려

글을 썼다.

[시계, 모모, 축하해! 말하는 걸 깜빡했는데 우리는 음악적 방향성의 차이로 해체했답니다! 우리 몫까지 행복하게 살아 줘! #시계모모wedding #이테이블은전쟁터가될것이다 #재결합은불가]

이런 글을 써서 두 사람의 사진을 인스타그램에 올렸다. 방금 로비에서 'Please tag your photos with #시계모모wedding'이라고 쓰인 수제 웰컴 보드를 보고 깊은 감명을 받은 카노코의 순발력에 감탄하며 세 사람은 그 자리에서 빠르게 '좋아요'를 눌렀다(결과적으로 이 해시태그로 올라온 사진 중 가장 많은 '좋아요'를 받은 게시글은 다름 아닌 카노코와 유타의 이별 보고였다). 남성들은 이 광경을 보며 웃어도 되는지 고민하며 줄곧 어정쩡한 미소를 띤 채 눈만 깜빡거렸다.

피로연이 시작된 뒤에도 카노코는 쾌활하게 계속 떠들었다. 그리고 진행에 맞춰 크게 웃기도 하고 박수를 치면서 결혼식을 즐기는 모습을 보였다. 그러나 카노코는 기분 좋은 것이 아니라 심각하게 동요하고 있다는 사실이 세 사람의 눈에는 명백히 보였다. 유타는 내내 옆자리 카노코를 힐끔거리며 무언가 말을 걸고 싶어하는 눈치였지만 광대 모드에 돌입한 카노코는 솔선수범해서 테이블 전체에 대화 주제를 던지는 등 미팅에서 인기가 없는 여성이 할 법한 행동을 이어 가느라 유타를 신경 쓸 여유가 없어 보였다.

그런 가운데 남성 중 한 명이 무난한 대화로 분위기를 수습하려는 듯이 물었다.

"네 사람은 지금도 자주 만나는구나?"

"자주 만나는 정도가 아니라 우리 넷이 앞으로 같이 살 거야. 아키의 이직이 결정되면 바로 집을 구하려고."

미오가 생글생글 웃으면서 대답했다.

"와! 진짜? 여전히 친하구나!"

유타가 눈을 동그랗게 뜨고 말하자 카노코가 웃으며 답했다.

"응, 맞아! 엄청나게 기대돼."

"근데 그러다가 결혼 적령기를 놓치는 거 아니야? 괜찮겠어?"

유타의 발언에 테이블에는 살짝 긴장감이 감돌았지만 카노코는 표정을 바꾸지 않고 적포도주를 들이켜며 말했다.

"아니, 우리 넷이 평생 같이 살 거라서 결혼 적령기 같은 건 상관없어."

"평생? 그게 무슨 소리야?"

"룸메이트가 아니라, 가족이 될 거야. 우리 넷이."

가족? 당황한 표정을 짓는 유타를 뒤로한 채 카노코는 포도주를 한 잔 더 마셨고 피로연은 순조롭게 진행됐다. 신랑 신부가 잠시 자리를 비운 동안 피로연장의 조명이 어두워졌다. 이어서 신랑이 준비한 두 사람의 성장 과정과 연애 이야기를 담은 영상이 상영되기 시작했다.

배경음악이 흐르는 순간, 네 사람은 반사적으로 '아, 이거 좀 위험하겠는데.'라는 생각으로 긴장했다. 둘이 함께 떠난 이탈리아

여행에서 찍은 사진, 잠옷을 입고 웃고 있는 신부의 사진. 네 사람 모두 연애 시절에 신랑 신부가 겪은 몇 가지 어이없는 다툼을 알고는 있지만, 이렇게 행복의 정수를 뽑아낸 듯 순수한 행복처럼 보이는 무언가를 마주하니 어쩔 수 없이 눈물이 핑 돌았다. 이 눈물은 대체 무슨 감정일까? 화면에 비친 두 사람의 이야기는 특별히 인상적이지 않은 평범한 이야기였다. 그러나 그 평범한 이야기를 우리 중 그 누구도 가지지 못했고 배경음악으로 흐르는 키린지(호리고메 다카키와 야스유키 형제가 결성한 일본의 밴드)에 눈물을 참을 수 없었다. 게다가 키린지의 음악을 틀기 위해 지불했을 저작권료까지 생각하니 더욱 울컥했다.

그 뒤로 신부 친구들의 여흥 댄스, 부모님께 보내는 편지 낭독 등 감동적이고 완벽한 피로연은 아무 문제 없이 마무리되었다. 카노코와 친구들은 하나의 정답을 눈앞에서 목격한 듯한 무거운 피로감을 느꼈다. 신부가 임신 중이어서 2차 회식은 없었다. 네 사람은 행복해 보이는 부부의 배웅을 받으며 식장을 나섰다.

행복한 듯 보였던 피로연의 여운으로 모두 말수가 크게 줄었다. 머리부터 발끝까지 아름답게 치장한 이 몸과 그 안에서 소용돌이치는 감정을 우리끼리 올바르게 처리해서 하루빨리 최강이 되어야 했다.

"이제 됐어."

미오의 집으로 향하는 전철 안에서 문에 몸을 기대고 서 있던 아키가 입을 열었다.

"언제 이직할지 모르니까 그냥 룸 셰어 계획부터 진행하자. 나는 룸 셰어를 시작하고 이직 활동에 집중할게."

"진짜?!"

아키의 선언에 네 사람은 활기를 되찾았다. 오늘 피로연에서 쌓인 감정을 셰어하우스 계획 추진에 쏟는 것은 생각할 수 있는 가장 바람직한 해소 방법처럼 느껴졌다. 무겁게 느껴지던 답례품과 부은 발의 고통도 금세 사라졌다.

미오의 집에 달린 좁은 현관에 서로 다른 사이즈의 하이힐 네 켤레가 가지런히 놓였다. 대략 10cm씩 키가 줄어든 네 사람은 각각 침대와 쿠션 위에 걸터앉아 건배했다. 미오가 앞으로의 구체적인 일정과 역할 분담을 열정적으로 제안하는 중이었다. 그때 카노코가 갑자기 얼굴빛을 바꾸고 스마트폰에 신경 쓰기 시작했다.

"왜 그래? 일 때문에 연락이라도 왔어?"

아키가 묻자 카노코가 대답했다.

"유타가 메시지를 보냈어."

"뭐래?"

"얘기하고 싶대."

네 사람은 카노코의 스마트폰을 들여다봤다. 유타한테서 '지금 어디야?', '잠깐 만나서 얘기할 수 있을까?'라는 메시지가 들어와 있었다.

'어떡하지? 어떻게 하면 좋지?'라며 당황해하는 카노코에게 미오가 말했다.

"여기로 부르면 되잖아."

"하지만….."

"괜찮으니까 불러."

미오는 더 이상 반박을 허락하지 않겠다는 어조로 말했다. 아키와 유리코는 서로 얼굴을 마주 봤지만, 카노코는 미오의 말에 따라 메시지를 보냈다.

몇 분 후, 미오의 집 초인종이 울렸다. 네 켤레의 가녀린 하이힐 사이로 튼튼해 보이는 검은색 스트레이트 팁 구두 한 켤레가 자리를 잡자 좁은 현관이 더욱 비좁아졌다.

카노코 옆에 앉은 유타가 불편한 기색을 감추지 못한 채 말을 꺼냈다.

"저기, 잠깐 카노코랑 둘만 있게 해 줄 수 있을까?"

"안 돼."

미오가 한 치의 망설임도 없이 딱 잘라 말했다.

"여기서 못 할 얘기라면 돌아가 주세요. 우리는 지금부터 집을 고르기 위한 회의를 해야 하거든요. 가능한 한 오래 살 수 있는 좋은 집을 고르고 싶어서요."

"어쩌면 마지막 집이 될지도 모르니까."

유리코가 진지한 얼굴로 덧붙였다. 반려동물이 허용되는 집이 좋겠다며 아키가 그 말을 이어받았다.

"아예 집을 사는 것도 괜찮겠다."

점점 대화의 흐름이 평소처럼 가벼워지는 가운데 유타는 진지한 표정을 지으며 옆에 앉은 카노코의 어깨를 가볍게 잡았다.

"진짜야? 진짜로 넷이 평생 같이 살려고? 카노코, 다시 생각해 봐. 우리 이제 곧 스물일곱이잖아. 동창 중에 벌써 애가 있는 사람도 있어. 더 잘 생각해 봐."

유타는 카노코를 바라보며 다급한 목소리로 말을 꺼냈다.

"셰어하우스를 2년 정도 하고 그만둘 생각인 것까지는 좋아. 하지만 그때가 되면 스물아홉이라고. 거의 서른이야. 이런 말 하고 싶지 않지만, 남자의 서른과 여자의 서른은 다르잖아. 셰어하우스는 언제든 할 수 있지만, 아이는 언제든지 가질 수 있는 게 아니야. 결혼 적령기의 2년을 굳이 낭비할 필요는 없잖아. 꼭 다 같이 살고 싶으면 노후에 해도 되잖아. 오늘 결혼식도 둘이 정말 행복해 보였잖아. 카노코라면 지금부터라도 얼마든지 좋은 사람을 만날 수 있다고."

카노코만 바라보고 이야기하던 유타는 문득 고개를 들어 세 친구를 향해 급히 덧붙였다.

"다들 좋은 사람들이니까 꼭 결혼할 수 있을 거야. 굳이 가족이 아니어도 엄마가 돼서 지금처럼 친하게 지내면 되잖아. 그리고 아까 결혼식에서 유리코를 보고 마음에 든다고 말한 녀석이 있었어.

셰어하우스 얘기를 듣고 좀 놀란 것 같긴 했지만."

어딘지 모르게 뿌듯해 보이는 유타의 표정에, 유리코는 보란 듯이 역겹다는 얼굴을 했다. 미오와 아키는 어이없다는 듯이 쓴웃음을 지었다. 유타는 다시 카노코를 바라보며 말을 이어 갔다.

"나는 우리가 헤어졌어도 카노코를 형제처럼 소중히 생각하니까 이렇게 말하는 거야. 나랑 아무 상관도 없는 여자가 평생 친구들이랑 살겠다고 하면 안 말리지. 제발 내 마음을 알아줘. 만화로 먹고사는 것도 언제까지 가능할지 모르니까, 난 그냥 카노코가 평범하게 행복했으면 좋겠다고 생각해서 하는 말이야. 사실 카노코한테 다른 남자랑 행복하게 살라는 말은 정말 죽어도 하고 싶지 않아. 내가 어떤 심정으로 이런 말을 하는지 알아?"

유타는 중요한 이야기를 할 때마다 손을 잡는 습관이 있다는 점을 카노코는 잘 안다. 그 높은 체온이 지금 카노코를 궁지로 몰아넣고 있었다.

"헤어질 때 네가 그랬잖아. 오래 사귀다 보니 형제 같은 사이가 돼서 싫다고. 나랑 형제 같은 사이가 된 건 싫은데 여자 친구들이랑 가족이 되는 건 괜찮아? 미안하지만 나는 진짜 이해가 안 돼. 그거, 도피 아니야? 그러면 우리는 왜 헤어졌어?"

진지하게 말하는 유타의 손에는 눈이 멀 것만 같은 행복한 느낌이 담겨 있었다.

한때 이 사람과 결혼하고 싶다는 순진한 마음을 품기도 했다.

사람들 사이에서 사이좋은 커플로 알려져 있었고 서로 알고 지내는 친구도 많았다. 가족들도 유타를 좋아했다. 카노코도 물론 유타 자체를 사랑했다. 하지만 무엇보다 함께하면 많은 사람에게 축복받을 것만 같은 유타와 카노코라는 커플과 두 사람의 이야기 자체도 사랑했다. 둘 사이에는 어딘가 의심할 여지가 없어 보이는 행복한 느낌이 가득했다. 그러나 그 행복한 느낌으로는 이겨 낼 수 없는 수많은 밤의 무게를 카노코는 극복할 자신이 없었다.

"내가 진짜로 카노코를 행복하게 해 줄 수 있으면 좋을 텐데."

유타가 무언가를 꾹 참는 듯한 얼굴로 말하고 카노코의 눈에서 눈물이 흐르기 시작하자, 그때까지 조용히 지켜보던 미오가 카노코를 끌어당기며 유타를 매섭게 노려봤다.

"남자가 없으면 행복해질 수 없다고 생각하지 마."

아키와 유리코도 곧바로 거들었다.

"애초에 카노코를 행복하게 해 주지 못한 건 너잖아."

"진짜 분위기 깨는 소리 좀 그만해, 제발 부탁이니까."

"차라리 고맙네. 카노코를 돌려줘서!"

"그보다 우리가 생각이 없다는 듯이 말하는데, 넌 어때? 정말 진지하게 고민하고 카노코가 기존의 틀을 따라야 한다고, 그렇게 생각한 거야?"

미오는 아키, 유리코와 함께 유타에게 잇따라 말을 쏟아 내면서 카노코를 홀로 보내지 않기를 잘했다고 곱씹었다. 그러나 앞으로 넷이 함께 살기 시작하고 더 나아가 가족이 되었을 때, 우리 주변에서 얼마나 자주, 얼마나 매섭게 지금 유타가 카노코에게 한 것과 비슷한 말을 퍼부을까 그때마다 우리는 흔들릴까? 오늘처럼 넷이 단결할 수 있다면 좋겠지만, 우리가 무너질 때는 대개 혼자일 때니까.

재미있어 보여서 같이 사는 거야. 그렇게 쉽게 말하고 싶다. 행복해 보이는 누군가를 부러워하거나 두려워하고 싶지 않다. 우리도 축복받고 싶다.

고개를 숙이고 침묵을 지키던 카노코가 마침내 입을 열었다.

"있잖아, 그래도 나는 아이를 갖고 싶어."

"역시 그렇지?"

유타가 기세 좋게 카노코의 손을 잡았다.

카노코는 그 손을 맞잡지도, 뿌리치지도 않은 채 담담히 이어서 말했다.

"우리, 유타랑 각각 한 명씩 아이를 낳아서 여덟 명 가족이 되는 건 어때? 그러면 아이들끼리도 혈연으로 이어지고 진짜 가족이 될 수 있잖아."

유타의 얼굴에 잠시 스친 기대감은 곧 사라지고 짙은 당혹감으로 변했다.

"카노코, 너 지금 무슨 말을 하고 있는지 알아?"

미오와 아키, 유리코는 숨을 삼키며 고민했다. 어느 쪽이지? 진지하게 하는 말일까? 아니면 평소처럼 던지는 장난, 즉 진지하게 대답할 필요조차 없는 콩트일까? 셋 다 판단할 수 없어 말이 안 나왔다.

"나, 진짜로 모두와 아이를 갖고 싶어졌거든. 우리 넷이 진짜 가족이 되고 싶어. 더는 단 1초도 망설이고 싶지 않아."

카노코가 진지하다는 것을 목소리 끝의 떨림에서 알아차릴 수 있었다. 하지만 그렇기에 미오도 아키도 유리코도 아무 말도 할 수 없었다. 의미 없는 농담이라면 몇 시간이고 이어 갈 수 있지만 이렇게 진지한 순간에는 말을 잃어버린다. 절박함을 느끼는 순간 위축되고 만다.

몇 분간의 침묵이 흐르고 정체를 알 수 없는 무언가에 등을 떠밀린 듯 유리코가 조심스럽게 입을 열었다.

"카노코의 혁신적인 제안을 존중하면, 여기서 문제가 되는 건 수정 방법인데…."

잠시 방 안의 시간이 멈춘 듯했다.

"임신될 때까지 모두랑 자야 해?"

아키가 곧바로 말을 이었다.

"그건 그냥 공포 정치잖아."

미오가 웃음 섞인 목소리로 말했다.

"출산 순서는 어떻게 정할까? 주먹질?"

"그건 우리 돌격대장 유리코가 먼저 나서야지."

"좋아. 대신 첫째부터 무조건 예뻐해라? 사랑도 재산도 전력을 다해 쏟아부으라고."

"같은 남자의 아이를 낳기보다는 난 그냥 정자은행에서 고르는 게 좋을 것 같은데."

미오의 말에 카노코가 반박했다.

"왜? 유타는 살짝 멍청하고 키도 작지만, 얼굴은 귀엽고 성격도 좋잖아. 괜찮지 않아?!"

꽉 밟은 엑셀 덕분에 평소의 리듬을 되찾은 네 사람은 각자 자신이 원하는 정자 후보를 주장하거나, SF적인 해결책을 제안하는 등 대화가 점점 웃음과 농담으로 가득 찬 즉흥극처럼 변하는 바람에 수습이 안 됐다. 처음에는 노골적으로 불쾌한 표정을 짓던 유타도 결국 그 분위기에 끌려가 조금씩 웃기 시작했다.

"좋아, 알았어. 일단 스매시 브라더스에서 이긴 사람이 어떤 남자한테 정자를 받을지 정하기로 하자."

미오가 벌떡 일어서더니 텔레비전 쪽으로 가서 닌텐도 스위치를 켰다.

그렇게 카노코를 포함한 네 사람과 유타는 텔레비전 앞에 나란히 앉았다.

"아니, 아까부터 다들 무슨 소리를 하는 거야? 너희 넷 다 좀 이상해!"

그렇게 말하며 저항하던 유타도 결국 닌텐도 스위치 컨트롤러를 건네받고는 체념했는지, 아니면 각오를 정했는지 순순히 캐릭터를 고르기 시작했다. 게임이 시작되자 네 사람은 미리 맞춘 듯이 유타가 고른 피카츄를 집요하게 집중적으로 공격했다.

"뭐야, 진짜 이러기야?"

그 기습 공격에 유타는 당황했지만, 남자의 게임 실력은 만만치 않아서 교묘하게 움직이는 피카츄는 좀처럼 대미지가 쌓이지 않았다. 평소에 넷이 플레이할 때는 누가 무슨 말을 하는지 구분할 수 없을 만큼 시끌벅적하게 난리를 치지만 지금은 모두 입술을 꽉 다문 채 화면을 주시하며 조용히 컨트롤러만 움직였다.

'우리, 왜 지금 이러고 있지?'

스매시 브라더스를 하자고 제안했던 미오조차 의아해하고 있었다. 네 사람이 한번 농담을 시작하면 누구도 멈출 수 없는 거대한 흐름이 생기고, 자신들의 의지로는 제어할 수 없기에 그 흐름에 몸을 맡긴 채 휩쓸려 갈 뿐이었다. 스매시 브라더스를 켠 것도 유리코가 카노코의 제안에 장난스럽게 받아친 것도 결코 그것이 최선이라고 생각하지는 않았다. 그저 알 수 없는 리듬에 휘둘려 그렇게 행동할 수밖에 없었다. 우리는 그 리듬에 저항하지 않았기에 지금까지 즐겁게 지낼 수 있었다.

그러나 우리는 카노코의 진지한 제안을 더 진지하게 받아들여야 했던 게 아닐까? 어쩌면 우리가 지금 뭔가 엄청나게 잘못된 선택을 한 건 아닐까?

우리는 대체 뭘 하고 있지? 행복이란 대체 뭘까?

"그런데 내가 이기면 어떻게 되는 거야? 셰어하우스 계획은 일단 백지화하는 거야?"

말없이 게임을 플레이하던 중에 유타가 물었으나 넷은 하나같이 그 질문을 묵살했다. 다섯 명의 대미지를 표시하는 퍼센티지가 점점 높아졌다. 그 숫자가 올라갈수록 네 사람의 마음속 정체를 알 수 없는 무언가도 점점 절박해졌다.

잘 차려입은 네 사람은 바닥에 앉은 컨트롤러를 쥐고 하나같이 텔레비전 화면을 바라봤다. 서로 확인하지 않고 고른 드레스는 형형색색이라 빨강, 파랑, 노랑, 초록의 화려한 치맛자락이 바닥에 펼쳐졌다. 위에서 보면 네 송이 꽃 같았다. 정성스럽게 마스카라를 바른 속눈썹이 팔랑팔랑 소리를 내지만 게임 사운드가 커서 누구의 귀에도 들리지 않았다. 베이지색 스타킹 발끝으로 비쳐 보이는 발톱도 각자 오늘을 위해 화려하게 물들였다.

방 안에는 게임 BGM과 컨트롤러의 버튼 소리만 울렸고 다섯 명은 아무 말도 없었다.

현재 유타 다음으로 우세한 미오가 그 침묵을 깼다. 미오는 결심했다는 듯이 말을 꺼냈다.

"망설임을 회피하는 수단으로 아이를 가지는 건 잘못됐다고 생각해."

카노코, 아키, 유리코는 입을 다물고 시선과 자세는 움직이지 않은 채 피카츄를 두드려 패고 있었다.

"굳이 아이를 가지지 않아도 우린 평생 함께할 수 있다고도 생각하고."

미오가 말을 마치자마자 컨트롤러를 놓쳤다가 급히 다시 잡았다. 그 순간 유리코는 콤보 공격으로 피카츄에게 큰 대미지를 입히고는 작게 기합을 내뱉고 곧바로 이어서 말했다.

"카노코, 너 유타랑 헤어졌을 때 바로 우리한테 메시지를 보냈잖아. 그때 '10년치 저장 데이터가 사라진 기분이야(히히).'라고 보냈던 거 기억 나?"

세 사람은 그 순간을 선명하게 기억했다. 그때 미오는 휴일에 출근해 조용한 사무실에서 버려진 화분의 기분을 느끼며 자료를 작성하고 있었다. 아키는 자주 가는 카페의 좋아하는 소파에서 인터넷 서핑을 하고 있었다. 유리코는 하나만 더 보고 꺼야겠다는 생각으로 해외 드라마를 3시간 가까이 보고 있었다.

"우리는 고등학교 1학년 때부터 알고 지낸 사이니까, 거의 10년치에 가까운 카노코의 데이터를 가지고 있어. 유타가 가진 게 사라졌다고 슬퍼하지 마. 앞으로 살날이 몇십 년이나 남았잖아. 네 데이터는 죽을 때까지 우리가 간직해 줄게."

전투가 끝에 다다랐다. 언제 탈락해도 이상하지 않을 만큼 대미지가 쌓인 아키도 다급한 손가락의 움직임과 달리 느긋한 목소리로 말했다.

"내가 생각해 봤는데 앞으로 10년이나 20년이 지나면 남녀가 결혼하는 건 구시대적이라고 말하는 사회가 되지 않을까. 제도도 정비되고, 우리도 밝고 즐겁게, 편하게 살 수 있는 세상이 될 거야. 잘 모르겠지만."

미오의 공격을 피한 피카츄가 순식간에 아키에게 번개 공격을 먹였다.

"잘 모르겠지만… 분명히 그렇게 될 거야. 잘은 모르겠지만."

카노코는 컨트롤러를 조작하며 어딘가 안심한 표정으로 세 사람의 말을 듣고 있었다.

화면 속에서는 치열한 공방전이 이어지고 있었다.

"오늘 결혼식 말이야."

카노코가 텔레비전 화면에서 한순간도 눈을 떼지 않고 말했다.

"응."

우리는 맞장구를 쳤다.

"진짜 좋았지?"

"응."

"정말 좋았어."

"예뻤지."

"정말 행복해 보였어."

카노코가 표정 변화 없이 입만 움직여서 말했다.

"우리 결혼식도 날씨 좋은 토요일에 하면 좋겠다."

우리는 네 명이 함께 하는 결혼식을 상상했다. 평소에는 곧장 입 밖으로 꺼내서 공유하고 몇 시간씩 콩트를 할 수 있을 만큼 자세한 상상이었다. 오늘 밤만큼은 우리는 말없이 그 결혼식을 상상했다. 쾌청하고 시원한 토요일 오후, 넷이 하얀 드레스를 입고 큰 소리로 웃으며 춤을 추고 예산 따위는 신경 쓰지 않는다. 원하는 배경음악을 틀고 참석한 모두가 이렇게 행복하고 즐거운 결혼식은 처음이라고 말할 법한, 모두가 축복하지 않을 수 없는 완벽하게 채워진 결혼식이었다. 피로연은 모두 다른 색의 드레스를 입자. 각자가 가장 좋아하는 색으로. 해시태그는 뭐가 좋을까? 전 세계에 공유해도 돼.

2

멋진 우리

아침 무렵 호텔을 나와 사사모토와 헤어지고 사람이 없는 전철에 올라탔다. 창문에 빗방울이 세차게 부딪혔다. 도쿄에 접근 중인 대형 태풍은 오늘 밤 최고조에 이를 예정이라는 예보였다. 평소에는 24시간 영업인 종합 슈퍼 세이유조차 오늘은 정오에 영업을 종료한다는 공지가 붙어 있었다. 혹시 몰라 들렀지만 가게 안은 텅 비었고, 컵라면이나 생수 같은 생필품은 이미 모두 동나 있었다.

　집에 돌아오니 거실에서 미오가 열심히 포켓몬을 하고 있었다. 카노코와 아키는 아직 자기 방에서 자는 듯했다.

　다녀왔다고 인사를 건네자, 미오는 돌아보지도 않고 한소리를 했다.

　"너 섹스하고 왔지? 더러우니까 빨리 씻고 와."

"입 한번 험하네! 방금 씻고 와서 깨끗하거든."

곧바로 대꾸했지만 비에 젖은 것은 사실이라 순순히 씻으러 욕실로 향했다.

각자의 면도기와 바디 스크럽이 빽빽하게 들어찬 욕실 선반에 팔을 뻗어 자신의 샴푸를 한 번 누른 후 손바닥에서 거품을 냈다.

샤워를 끝내고 스킨케어와 드라이로 머리를 정리한 뒤, 젤라토 피케(일본의 잠옷 브랜드)의 룸 웨어를 입고 거실로 돌아오자 졸린 눈의 카노코가 욕실로 들어갔다.

유리코가 고등학교 동창 네 명과 함께 살기 시작한 지 3개월 정도 됐지만 일요일에 모두가 집에 머무는 건 정말 드문 일이었다. 도쿄에 살며 도쿄에서 일하는 20대 여성들의 주말은 술자리, 데이트, 아이돌 팬질 그리고 종종 업무로 바쁘게 지나간다.

대낮의 거실에 네 사람이 모여 있는 광경에 이제 막 일어난 아키가 웃으며 말했다.

"뭔가 사람이 많네. 아니, 먹을 건 더 많잖아."

며칠 전부터 이번 태풍은 매우 경계해야 한다는 소식을 텔레비전과 인터넷으로 접한 네 사람이 각자 준비한 비상식량 덕에 이 집에는 통일성 없는 음식과 술이 잔뜩 쌓였다. 언제부터 보관되어 있었는지 알 수 없는 냉동실의 냉동식품도 이 기회에 처리할 심산인지 4인용 테이블은 음식과 술로 꽉 차 있었다.

편의점과 슈퍼는 모두 문을 닫았고, 전철도 운행 중단이 발표된 상황이지만 4층에 사는 네 사람은 침수 걱정이 없어서인지 어딘가 느긋했다. 베란다의 빨래 건조대를 치우고 정전에 대비해 스마트폰을 충전하는 등 대충 익힌 지식을 총동원해 준비를 했다. 하지만 네 사람이 함께 집에 있는 것이 태풍보다도 더 드문 일이기에 왠지 축제 같은 기분이 들었다.

"그래서?"

네 명이 식탁으로 모였다. 샤워를 끝내 뺨이 반질거리는 카노코가 유리코를 보고 히죽대며 말했다.

"이유를 들어 볼까?"

카노코가 요즘 푹 빠져 있는 개그맨 흉내를 내는 바람에 유리코는 그만 웃음을 터트렸다. 미오와 아키는 의미심장한 눈빛으로 유리코를 바라보았다.

어젯밤 네 사람은 4 대 4 미팅에 다녀왔다.

"아직도 붙어 다니는 데다, 심지어 같이 산다고? 게다가 전부 남친도 없단 말이야! 안 돼! 당장 미팅해, 미팅! 회사 동기가 미팅을 세팅해 달라고 조르는데 마침 잘됐다!"

넷이 함께 산다는 얘기를 친구에게 했더니 순식간에 4 대 4 미팅 자리를 마련해 줬다. 신기하게도 그다지 친하지 않은 친구일수록 이럴 때 잘 챙겨 주는 법이다.

술이 아직 덜 깬 듯 피곤해 보이는 아키가 말했다.

"너무 많이 마셔서 어떤 사람들이었는지 잘 기억이 안 나."

어젯밤 우리는 초반에는 조심스레 상대를 살폈다. 하지만 술이 들어가자 넷이 함께 미팅에 온 상황 자체가 우스워져서 마주 앉은 남자들은 제쳐 두고 신나게 떠들었다.

우리만 아는 얘기로 실컷 낄낄거리다 평소의 흐름대로 하찮은 콩트를 선보인 기억이 희미하게 떠올랐다. 그런데 남자들이 했던 얘기는 떠오르지 않아서 나도 기억 잘 안 난다고 말했다가 미오에게 혼났다.

"유리코는 잘 알겠지! 방금까지 같이 있었잖아!"

"그래서, 어떻게 됐는데? 사사모토라고 했나? 사귈 거야?"

이어지는 추궁에 그런 건 아니라고 대답하자 세 사람은 실망한 표정을 지었다.

"그런데 넷 중에 골라서 잤으니까 다른 사람보다는 괜찮았던 거 아니야?"

"아니, 그냥 내가 하고 싶을 때 제일 가까이 있던 게 걔라서…."

"아무나 괜찮았던 거야?"

"묻지 마 섹스냐고."

밤을 같이 보낸 사사모토가 어떤 사람인지 유리코도 사실 잘 기억하지 못했다. 그저 미팅이 끝날 무렵 우연히 옆에 앉아 있었고 함께 가게를 나섰을 뿐이다. 그때 문득 '아, 이 사람 좀 귀엽네.'라고 생각했고. 왜 귀여웠는지는 이미 잊었지만.

"카노코랑 미오는 그 이후에 연락 왔어?"

"아니."

"올 리가 없지."

'그럼 그렇지.'라고 아키는 안도한 듯 말했다.

그렇게 떠드는 사이, 창밖에서는 바람과 빗소리가 점점 더 커져 갔다.

SNS를 확인하던 아키가 친구의 글을 읽었다.

"나가세가 태풍 무서워서 죽을 것 같다는데."

"걔네 집은 강에서 가깝잖아. 그냥 우리 집에 왔으면 좋았을 텐데 말이야."

"응, 초대했는데, 집을 떠나는 것도 걱정되고 마음이 안 놓여서 그냥 있겠다고 하더라."

만약 나도 혼자 살았다면 같은 선택을 했겠지. 불안한 마음으로 내 집에 머물렀을 것이다.

하지만 친구들과 함께 산다는 것만으로 이렇게 마음이 든든할 줄은 몰랐다.

테이블 위에 액정을 보인 채 놓여 있던 유리코의 스마트폰이 진동했다.

알림을 본 카노코가 소리 내어 메시지를 읽었다.

"사사모토잖아! '태풍 괜찮아요?', '그나저나 다음 주 주말, 시간 괜찮으세요?'라는데."

"다음 주말? 별로 안 내키는데… 아마 생리도 시작할 것 같고."

"생리면 어때! 왜 항상 섹스가 전제냐고."

"섹스 없이 만나고 싶지 않아!"

"왜?"

"왜긴, 딱히 좋아하지 않으니까."

"그런데 왜 섹스는 해? 그렇게 섹스가 좋아?"

"좋아하지. 섹스는 좋아."

단호히 말하는 유리코에게 미오가 못을 박았다.

"즐거워서 다행이지만 우리 집에서는 성관계 금지야."

여자 넷의 룸 셰어는 생각보다 훨씬 즐겁고 쾌적했지만 섹스라는 관점에서는 상당히 불리했다. 혼자 살 때와 비교하면 섹스할 기회는 현저히 줄었다. 물론 밖에서 해결하면 그만인 문제다.

"그보다 섹스를 좋아하면 차라리 남자 친구를 만드는 게 효율적이지 않아? 유리코는 맨날 살짝 맛만 보고 좀처럼 고정된 남자 친구를 안 만들지만, 같은 사람이랑 여러 번 하면 섹스의 질도 높아진대."

미오의 제안이 와닿지 않아 유리코는 잠시 생각에 잠겼다.

"음, 뭐… 이상적이긴 하지. 같은 사람이랑 반복해서 하면서 섹스의 질을 높여 간다는 게 정말 가능하다면. 그런데 길게 보면 섹스 빈도나 흥분을 유지하면서 질을 높이는 건 꽤 어려워. 섹스에 대한 요구나 대화는 너무 친밀해지면 오히려 더 하기 힘들어지잖아. 만약 진짜 회사에서 일하듯이 계획, 실행, 점검, 개선을 반복해서 확실히 섹스를 개선할 수 있다면 좋겠지만, 그런 건 불가능하잖아?"

유리코는 사랑이 담긴 섹스나 같은 상대와 반복해서 하는 섹스에 점점 관심을 잃어 가고 있었다. 사랑스러운 여자 친구들과 편안하고 즐거운 생활을 하다 보니, 사랑과 섹스를 분리하는 것이 자신에게는 걸맞은 삶이라는 인식이 강해졌다. 성애의 대상인 남자와 함께 살기도 했지만 남자와 함께 살면 애정은 깊어져도 섹스는 서서히 줄어들었다. 일단 에로스가 희미해지면 그 남자에 대한 애정과 우선순위는 자연스럽게 이곳에 있는 친구들보다 낮아졌다. 섹스를 제외하고 이 세 명의 친구보다 유리코를 즐겁게 해 준 남자는 지금껏 단 한 명도 없었다.

그렇기에 가장 사랑스러운 친구들과 즐겁게 살면서 섹스는 외주로 해결하는 현재의 생활이 유리코에게 있어 매우 합리적이고 만족도가 높은 삶이었다.

"그래도 부럽다아. 유리코는 섹스를 즐기고 있어서. 엄청 기분 좋은가 보다."

아키가 부러운 듯이 말했다.

"응, 기분 좋아. 아키는 안 그래?"

"좋을 때도 있는데, 아닐 때도 있지. 못 갈 때도 많고. 유리코는 매번 반드시 안으로 가?"

아키의 질문에 유리코는 갑자기 말문이 막혔다.

사실 유리코는 태어나서 단 한 번도 가 본 적이 없다.

지금까지 인터넷에서 '여성 가는 방법'을 얼마나 검색했는지 모른다. 그렇게 찾아낸 불확실한 정보를 바탕으로 아직 한 번도 느껴 보지 못한 쾌감을 찾기 위해 자위와 섹스를 시도해 봤지만, 유리코에게 '가는' 감각은 여전히 알 수 없는 영역으로 남아 있다.

절정을 느낄 수 있다면 좋긴 하겠지만 뭐, 반드시 그래야 하는 것은 아니다. 못 가더라도 자위도 섹스도 충분히 기분 좋고 즐겁다. 그냥 그거로도 충분하다고 생각했다. 마음속에서 불쑥 솟아오르는 의문만 흘려보낸다면 말이다.

섹스를 좋아한다고 공공연히 말하는 유리코는 네 명 중 가장 빨리 처녀를 상실했다. 그 사실은 다른 세 명도 알고 있었다. 방금도 호텔에서 돌아온 참이기에 못 간다고 고백하기에는 조금 민망하기도 했다.

"아니, 난 전혀 못 가."

어떻게 할지 고민하며 하이볼을 한 모금 마신 유리코가 아무렇지 않은 듯이 말했다. 미오와 카노코도 조금 다른 공감을 표했다.

"그거 알지, 섹스로는 잘 못 가잖아."

"밖으로는 갈 수 있는데 안으로 가는 건 조절이 어렵지."

잠깐, 이 중에서 못 가는 여자가 나뿐이라고?

자유분방한 카노코는 그렇다 쳐도, 별로 성적으로 적극적이지 않아 보였던 미오와 아키도 갈 수 있는 여자였다니.

네 사람은 고등학교 시절부터 10년 이상 친구였고, 뭐든 솔직하게 이야기하곤 했다. 평소에도 했다, 안 했다 같은 이야기는 가볍게 주고받았지만 서로가 갈 수 있는 여자인지 못 가는 여자인지는 알지 못했다. 비키니 라인 제모 상태나 저용량 경구 피임약 정보는 공유하지만 자위나 오르가슴에 관해 깊이 이야기해 본 적은 없었다. 게다가 지금은 한 지붕 아래에서 살면서 물리적인 거리가 가까워지는 바람에 오히려 너무 노골적인 이야기를 하기가 더 어려웠다. 차라리 이런 이야기는 상대적으로 덜 친한 친구에게 털어놓는 경우가 더 많았다.

그런 상황에서 자신만이 '못 가는 여자'라는 사실을 처음으로 분명하게 마주한 유리코는 동요한 나머지 적당히 이야기를 맞추지도 못하고 결국 진실을 털어놓고 말았다.

"사실 나, 애초에 한 번도 가 본 적 없어…."

짧은 침묵 뒤에 세 사람은 눈을 동그랗게 떴다.

"진짜? 밖으로도 한 번도 가 본 적이 없다고?"

"혼자 해도 안 된다는 거야?"

"진짜 의외다! 완전 자유자재일 줄 알았는데."

아키와 미오가 앞쪽으로 몸을 기울이며 물었고, 평소 가장 저속

하고 섬세하지 못한 카노코가 혼자 우물쭈물하고 있었다.

'야, 됐어. 그렇게 어쩔 줄 모르는 표정 짓지 말고 너도 평소처럼 거침없이 말하라고!'

유리코는 속으로 생각했다.

"아니, 그러면 대체 뭐가 좋아서 섹스를 하는 거야?"

아키의 무심한 보디 블로가 유리코의 내장을 후벼 팠다. 갈 수 있는 여자로서 우월감을 드러내려는 말이 아니라는 것을 알기에 오히려 아키에게 섹스는 '가는 것'이 중요하다는 사실을 새삼 깨닫게 되어 슬펐다.

"그러게. 진짜로 나는 대체 뭐가 좋아서 섹스하고 있는 걸까."

그 말에는 생각보다 자조적인 울림이 있었다. 아키는 화들짝 놀란 표정을 지었고, 카노코와 미오의 어색한 기색을 못 본 척하며 유리코는 하이볼을 크게 한 모금 들이켰다. 아, 역시 말하지 말 걸 그랬다고 심각하게 후회했다.

'못 가는 주제에 섹스를 좋아하는 여자라는 낙인이 찍혔네.'

"그런데 너희는 언제부터 갈 수 있었던 거야? 확률은 어느 정도인데?"

수치심의 임계치를 돌파한 유리코는 이제 어떻게 되든 상관없다는 심정으로 '갈 수 있는 여자'인 세 사람에게 연달아 질문을 던졌다.

"혼자서 갈 때는 얼마나 걸려? 바깥으로 가는 거야? 안으로 갈

59

때는 어때? 혼자 할 땐 손가락으로 해? 아니면 도구? 힘은 줘, 아니면 빼? 자세는 어때? 뭘 생각하면서 하는데?"

"나는 말이지!"

카노코는 기쁜 듯 이야기를 시작했지만 아키와 미오가 말끝을 흐리자 유리코가 어깨를 흔들어 털어놓게 했다.

"닥쳐! 말해! 못 가는 섹스광에 대한 자비는 없는 거야!"

"잠깐만! 그렇게까지 심한 말은 안 했잖아!"

"부끄럽단 말이야!"

"뭐? 제일 부끄러운 건 못 가는 나라고!"

태풍이 몰아치는 와중에 네 사람은 한바탕 모든 것을 털어놓았고, 그 끝에 묘한 일체감과 피로감에 휩싸였다. 유대감이 깊어진 건지, 상처가 깊어진 건지 알 수는 없었다. 그럼에도 유리코는 수치심 너머에서 희망을 느꼈다.

내 인생과 섹스에는 아직 성장의 여지가 있다.

유리코는 룸 셰어를 시작하기 전에 넷이 나눴던 대화를 떠올려 보았다.

일과 돈, 사랑 이 세 가지 중 두 가지만 만족스러우면 행복한 인생이래.

그때는 모두가 아무것도 만족하지 못한다며 떠들었지만 사실 유리코는 일과 돈에는 꽤 만족하고 있었다. 종합 광고 대행사에서 고객사의 웹 미디어 전략과 프로모션을 담당하는 유리코는 자기 일에 보람과 적성이 있다고 느꼈다. 노동 시간이 조금 긴 편이지만 그만큼 충분한 보수를 받고 있어 전혀 고되지 않았다. 자기 능력에 자신이 있었기에 회사에 집착하지 않고 대등한 입장으로 일을 즐기고 있다.

유리코가 가장 어렵다고 생각했던 '사랑'의 항목도 넷이 함께 살기 시작한 후로는 만족스러워서 '아아, 나 드디어 최강이 됐구나.'라고 느낄 정도였다.

'내가 갈 수만 있으면, 에로스까지 충족돼서 흠잡을 데 없는 최강의 여자가 될 수 있지 않을까?'

다음 날 아침, 태풍은 지나갔고 날씨는 맑았다. 집에서 순정 만화를 그리는 카노코를 제외한 세 사람은 평소처럼 시차를 두고 출근했다.

"올 거면 평일에 오지."

미오와 아키는 투덜댔지만 유리코는 눈을 뜬 순간부터 들뜬 마음이었다. 마치 크리스마스이브 아침을 맞은 아이처럼 오늘 밤 침대에 들어갈 때를 기대했다.

'어제는 취해서 바로 잠들었지만 오늘은 집에 가면 꼭 자위를 해야지. 빨리 오르가슴을 익혀서 최강이 될 거야!'

두근거리는 마음으로 사내 미팅, 후배 교육, 외부 회의, 개인 업무까지 쉴 틈 없는 하루를 보냈다. 어느덧 퇴근 시간이 됐기에(3시간의 야근은 정시 퇴근으로 간주함), 퇴근하겠다는 인사와 함께 신나게 회사를 나섰다. 집에 돌아오니 카노코와 미오가 거실에 있었다. 평소 같으면 잠시 수다를 떨었겠지만 유리코는 피곤한 척하며 바로 침실로 들어갔다.

유리코는 비록 '못 가는 여자'지만 잠들기 전에 자위하는 습관이 있었다. 눈을 감고 익숙한 손길로 속옷 안에 손을 넣어 성기를 자극했다. 쾌감이 고조되며 손가락 움직임이 빨라지자 얼마 지나지 않아 강렬한 졸음의 파도가 스르륵 눈꺼풀을 훑었다. 평소 같으면 이 상태로 잠들었겠지만 이날 유리코는 '먼저 혼자서 외음부 오르가슴을 느껴 보자.'라는 목표가 있어서 졸음의 유혹을 뿌리치고 꿋꿋하게 자극을 이어 갔다. 몸이 더워지고 땀이 나기 시작했다. 점점 호흡이 흐트러지고 찌릿찌릿한 감각이 강해지며 자연스럽게 복근에 힘이 들어갔다.

'아, 뭔가… 갈 것 같아. 이대로 하면 갈 수 있을지도 몰라.'

그런 기대감이 높아졌지만 쾌감은 다시 서서히 멀어져 갔다.

그 후에도 몇 번이나 갈 것 같은 순간이 찾아왔지만, 갔다는 확신에는 도달하지 못했다. 그러다 점차 갈 것 같은 감각과 쾌감이 점점 괴리되어 갔다. 애초에 이게 맞나? 자세나 손의 움직임이나 강도 등 본인의 자위 방식에 의문이 들기 시작했다.

쉬어 가며 자극을 이어 가다 결국 유리코는 포기하고 자기로 했다. 정신을 차려 보니 이미 새벽 3시가 가까웠지만, 졸음은 이미 저 멀리 사라졌다.

'오늘도 역시 못 가는 여자였나….'

실망했지만 이런 개인 연습이 쌓여서 언젠가는 결과를 낸다고 믿으며 잠들었다.

다음 날 아침, 졸음 때문에 희미한 살의를 느끼며 깨어난 유리코는 어젯밤 자위 같은 건 하지 말고 그냥 잘 걸 그랬다고 후회했다. 그러나 반복 연습으로 쾌감에 익숙해지는 게 중요할 테니 어젯밤의 노력도 분명 헛되지 않았다고 자신을 타이른 후 비틀거리며 일어나 거실로 나갔다.

거실에는 유리코보다 30분 일찍 출근하는 아키가 베이글을 먹으며 유튜브를 보고 있었다. 말하고 싶다. 어제 자위했는데, 역시 전혀 못 갔다고 말하고 싶었다. 평소처럼 컨디션이나 업무 상황을 일일 단위로 공유하듯, 오르가슴을 느끼기 위한 올바른 자위 방법을 지금 바로 캐묻고 싶었다. 하지만 태풍이 왔던 날처럼 분위기가 잡히지 않은 상황에서 아침부터 그런 얘기를 꺼낼 수는 없었다. 애초에 어젯밤 자위를 했다는 것 자체가 너무 생생한 이야기라 동거인에게 말하기 어렵다. 사실은 적절한 조언을 받아 자위를 신속히 개선하고 싶었다.

'너무 비효율적이야!'

답답한 마음에 멍하니 서 있자, 아키는 유리코가 유튜브에 흥미를 보인다고 착각했는지 지금 빠져 있는 최애의 매력을 열정적으로 설명하기 시작했다.

'아니야, 내가 듣고 싶은 건 평소에 좋아하는 타입과 최애의 타입이 전혀 다른 걸 보면 역시 본능적으로 끌린 게 아닐까? 같은 얘기가 아니고….'

그러나 개인 연습은 열매를 맺지 못했다. 그날 밤도, 다음 날 밤도, 매일 밤 한 시간 이상 자위에 매진을 해도 유리코는 여전히 '못 가는 여자'였다.

아침마다 느끼는 살의는 날로 커져만 갔다. 익숙한 동선으로 여성 전용 차량에 몸을 싣고 평소처럼 스마트폰만 바라볼 뿐이다. 오늘 아침도 여느 때와 마찬가지로 승객들의 얼굴만 멍하니 바라보았다. 이 시간대 전철을 타고 있는 여자들은 대부분 일터로 향할 것이다. 동년배나 어머니 세대도 다들 일하고 있는 게 대단하다. 다소 남의 일처럼 그렇게 생각했다. 이 중 '갈 수 있는 여자'는 몇 명이나 될까? 연인이 있으면…. 자녀가 있으면…. 성관계 경험 유무는 대충 짐작할 수 있지만 '갈 수 있는지 없는지'는 겉모습만으로는 전혀 알 수 없다.

'애초에 오르가슴이 대체 뭘까? 정말 존재하는 걸까? 전 세계 여자가 다 짜고 입을 맞추고 있는 게 아닐까? 혹시 나는 실체도 없는 무언가를 좇고 있는 게 아닐까…?'

스마트폰으로 시선을 돌려 브라우저를 열었다. 검색 기록 맨 위에 보이는 '여성 가는 방법'이라는 문구가 한없이 초라했다. 새로운 정보를 얻을 수 있을까 싶어 관련 기사를 눌러 보지만 눈에 띄는 건 동거인들이 이야기했던 '자위로는 갈 수 있지만, 상대와의 섹스에서는 못 간다.', '바깥으로는 가지만, 안으로는 어렵다.' 등의 경험담뿐이었다. '자위라면 적어도 외음부 자극으로는 오르가슴을 느낄 수 있는' 상태가 최소한의 조건이었다. 유리코처럼 '자위든 섹스든 안으로든 바깥으로든 한 번도 못 가 본 여자'는 어디에서도 다루지 않았다. 그런가 하면 '일본 여성의 과반수가 오르가슴에 도달하지 못한다.'라는 그럴듯한 통계 데이터도 나왔다. 무엇보다 성에 대한 지식을 검색할 쓸모없는 남성 중심의 성인 사이트가 잔뜩 떠서 부글부글 분노가 치밀었다.

'요즘은 화장법, 요리, 운동도 유튜브로 배울 수 있어. 그런데 자위를 제대로 가르쳐 주는 유튜버YouTuber는 왜 없는 거야! 아, 성인 콘텐츠는 광고 수익이 안 된다 이거지? 섹스를 즐기고 싶은 내 감정은 부적절하다는 거냐? 예쁘게 화장하고 싶다거나 몸매를 가꾸고 싶다는 감정이랑 뭐가 다른데? 그리고 자위라는 단어 자체도 너무 우울해! 왜 하필이면 위로야!'

단어 자체에도 화가 나서 울컥하는 마음에 검색해 보니, '위로'라는 단어에는 마음을 즐겁게 한다는 뜻도 있다는 사실을 스물일곱이 되어서야 알게 됐다.

'그래서 셀프 플레저라고 하는구나. 또 하나 유식해졌다. 민망한 단어라고 생각했는데 알고 보니 꽤 직역에 가깝네. 그런데 난 요즘 전혀 즐겁지 않은데.'

처음에는 '새로운 쾌감을 알게 될지도 몰라. 최강을 갱신할 수 있을지도 몰라.'라는 설렘과 의욕이 있었다. 그러나 날이 갈수록 마음은 포기에 가까워졌다. 그날 밤도 개인 연습에 매진한 유리코는 하반신을 드러낸 채 땀에 젖어 탈진한 상태로 침대에 널브러져 있었다.

'난 혹시 체질적으로 못 가는 여자인 거 아닐까?'

갈 수 없는 나날이 계속되지만 시간도 흐른다. 일도 바쁘고 한밤중에 귀가하는 날이 흔해서 잠들기 위해 자위할 필요 없이 침대에 눕는 순간 바로 꿈나라로 떠났다. 야근 수당으로 산 젤라토 피케 룸 웨어의 보드라움과 꿈 같은 촉감은 밤새도록 배신하지 않는 절대적인 아군이었다. '이거 혹시 오르가슴보다 훨씬 더 기분 좋은 거 아닐까?'라는 생각이 들었다.

동거인이 아닌 다른 여자들의 이야기를 들어 보기로 했다. 억지로 정시에 퇴근해서 적당히 소원하고, 적당히 헤픈 성향의 대학 세미나 후배를 불러냈다. 한국 음식점에서 두꺼운 삼겹살을 상추에 싸며 근황을 간단히 나눈 뒤 본론을 꺼냈다.

"그런데에 있잖아아… 나 섹스든 자위든 한 번도 간 적이 없거든. 그 얘기를 했더니 대체 뭐가 즐거워서 섹스하냐고 하더라."

사실 이 얘기를 하려고 후배를 불러낸 주제에 '그런데에 있잖아아' 같은 소리를 하기는….

"진짜요? 죄송한데… 저도 그렇게 생각해요. 못 가면 대체 뭐가 즐거워서 섹스해요?"

후배는 짧은 말로 상황을 일축했다. 세컨드 오피니언까지 날 상처 주다니! 답답한 마음에 고개를 저었다.

"저는 운동하다 살짝 가기도 하고, 컨디션 좋으면 꿈에서 가기도 해요."

거기에 더해 이런 말을 듣고 믿기지 않아서 뒤집어졌다. 절망에 빠져 하이볼을 잔뜩 들이켰다.

"결국 나는 섹스라는 바다의 얕은 물에서 물장구만 치는 순진한 어린애야. 바다의 넓이도 깊이도 모르고 있는 그냥 섹스의 라이트 팬인 거지."

"세상은 언제나 라이트 팬이 떠받치고 있다고요!"

후배는 취해서 웅얼거리기 시작한 유리코를 격려했다.

"내가 이렇게 약한데, 섹스를 떠받칠 수 있을까…."

후배는 잠시 생각하더니 말했다.

"음, 일단 혼자서 너무 애쓰는 건 그만두고, 남자가 좀 더 노력하도록 해 보는 건 어떨까요? 손가락이나 혀 같은 걸로….."

그 말을 참고해서 유리코는 미팅에서 만난 사사모토에게 연락을 해 보기로 했다.

넷이 있을 때 우리끼리만 통하는 리듬과 속도로 웃긴 얘기를 하고 콩트를 하는 것이 엄청난 통쾌함을 주기는 한다. 그러나 남자와 애정 섞인 장난을 주고받을 때는 그것과 또 다른 쾌락 물질이 나온다고 생각한다. 여자 친구들과 있을 때는 최강의 바보가 되지만 남자랑 있을 때는 최약체 바보가 된다. 잔뜩 애교를 부리고 아무것도 못 하는 척을 하지만 그런 부끄러운 모습을 보이는 시간이 너무나 기분 좋다.

사사모토의 맨가슴에 뺨을 바짝 붙이고 심장 소리를 들었다. 지금까지 몇 명의 남자와 잠자리를 가졌는지 셀 수도 없게 됐지만, 섹스 스타일이나 몸의 형태보다 체온의 차이가 매번 깊이 기억에 남는다. 유리코는 항상 남자의 가슴에 뺨을 맞대고 따뜻함을 느껴보곤 했다. 차가운 가슴을 가진 남자도 있었고, 뜨거운 가슴을 가진 남자도 있었다. 다들 고작해야 36도 전후일 텐데 이처럼 다르게 느껴진다는 사실이 신기했다. 사사모토의 가슴은 핫팩처럼 뜨거워서 자연스럽게 모르게 웃음이 터졌다. 여름에는 좀 짜증 날 것 같지만 건강해 보여서 좋다.

"나 사실, 한 번도 간 적 없어."

뜨거운 가슴으로 뺨을 데우며 중얼거렸다.

"뭐? 한 번도?"

최근 들어 못 간다고 여기저기 말하고 다니느라 이제 수치심이 오류를 일으켜 아무 생각도 들지 않았다.

"응. 오르가슴이라는 감각이 뭔지 모르겠어. 사사모토가 사귀기 전 여자 친구들은 다 갔어?"

"음, 갔던 것 같긴 한데…."

같은 남자와의 섹스인데 갈 수 있는 여자와 못 가는 여자가 나뉜다니. 자신이 열등한 존재처럼 느껴져서 몸이 2cm쯤 더 깊숙이 침대에 가라앉았다.

"진짜? 그거 진짜로 간 걸까? 연기 아니야? 속은 거 아니고?"

"으음, 갔을 텐데…."

유리코의 무례한 질문에도 사사모토는 언짢은 기색 없이 진지하게 생각에 잠겼다.

"갔다고 생각은 하는데. 사실 진짜로 갔는지는 나도 모르겠어. 실제로 유리코 씨는 못 갔다고 했잖아. 그런데 유리코 씨, 엄청 기분 좋아 보였는데. 사실은 간 거 아닐까?"

사사모토가 장난스럽게 유리코의 아랫배를 간지럽힌 탓에 투덜대며 팔을 살짝 물었다.

"진짜로 안 갔다니까! 바보야! 너, 싫어!"

아아, 이런 바보 같은 대화가 너무 좋다. 사사모토가 미안하다고 말하며 침대 위에서 장난을 치다가 자연스럽게 이어진 두 번째 섹스는 꽤 정성스러우면서도 거칠어서 유리코 역시 후끈 달아올랐다. 하지만 결국 오르가슴에는 도달하지 못했다.

"유리코 씨, 이번엔 간 거 아니야?"

사사모토가 계속 물어오는 바람에 슬그머니 짜증이 났다.

'안 갔다고 했잖아!'

"좋겠다. 남자는 사정이라는 분명한 표시가 있어서."

열기의 근원인 사사모토한테서 약간 떨어져 누웠지만 여전히 희미한 온기가 전해졌다.

"여자에 비하면 단순하지. 그런데 그만큼 부담이 있어. 유리코 씨는 못 가도 섹스는 즐겁잖아."

"응. 즐거워."

"그런데 내가 사정하지 않으면 괜히 싫지 않아?"

"에이, 딱히 싫진 않은데?"

"아니야. 분명 찝찝할 거라고. 사정을 한 번 하면 섹스를 한 번 했다고 생각하는 면이 있지 않아?"

"…그런 것 같기도 하네."

"몸 상태나 기분에 따라 못 갈 때도 있어. 전 여자 친구랑 섹스할 때 사정한 척 연기한 적도 몇 번 있거든. 나, 사정 연기 꽤 잘하거든."

"남자도 힘들구나."

아예 발기가 안 될 때도 있다고 말하는 사사모토를 향해 중얼거렸다.

'내가 혹시 남자에게 발기와 사정을 섹스의 전제 조건으로 강요

했던 걸까…?'

"그러니까 서로 갈 수 있으면 물론 좋겠지만, 그게 절대적인 기준이 되면 나중엔 힘들어지지 않을까."

사사모토의 말에 반사적으로 울컥해서, 그래도 나는 가고 싶다고 외치고 싶었다.

유리코는 그동안 섹스에서 남자의 사정을 전제로 삼았듯이 오르가슴에 도달하지 못하는 자신은 섹스라는 행위를 제대로 달성하지 못했다는 열등감을 느꼈다. 태풍이 불던 날, 아키한테 대체 뭐가 재미있어서 섹스를 하냐는 말을 듣고 지금까지 외면했던 열등감이 이윽고 부풀어 올랐다.

"동정을 잃는 순간은 언제일까? 삽입했을 때일까, 아니면 사정했을 때일까?"

"갑자기 무슨 소리야?"

"생각하기에 따라서는 내가 아직 처녀일 수도 있지 않나 해서."

삽입한 순간이라고 생각한다는 성실한 대답이 돌아왔지만 유리코는 더 이상 아무 말도 하지 않았다.

네 사람이 함께 사는 그 집에는 사랑은 있지만 섹스는 없다. 그걸로 충분하다고 생각했다.

'나는 집 밖에서 섹스를 조달할 수 있으니 이상적인 삶을 구현하고 있다고 믿었어.'

하지만 못 가는 여자에 머문다면 에로스라는 항목을 달성했다고 말할 수 없다.

사사모토는 오르가슴만을 절대적인 기준으로 삼으면 나중에 힘들어진다고 말했다. 아마 그 말이 맞을 것이다. 각자가 느끼는 쾌감은 보이지도 않고 비교할 수도 없다. 하지만 보이지도 않고 비교할 수도 없기에, 오르가슴의 유무만이 섹스 능력의 지표가 된다. 상사가 업무 과제를 가시화하라고 하면 대체 어떻게 설명할 건데?

"사사모토가 생각하는 이상적인 섹스는 뭐야?"

"글쎄⋯."

사사모토는 잠시 생각하다 대답했다.

"서로 기분 좋고, 사랑이 있는 섹스를 파트너랑 평생 하는 게 이상적인 섹스 라이프인 것 같은데."

"빈도는?"

"주 1회? 가능하다면 주 2회."

"그건 좀⋯ 너무 섹스 엘리트 같은 거 아니야?"

"섹스 능력치가 너무 높나?"

"너무 높아. 섹스 하버드잖아."

그런 섹스 하버드 같은 생활을 쉽게 손에 넣을 수 없다는 사실을 알고 있기에 나는 남자랑 결혼하지 않고 여자 친구들과 함께 살고 싶다.

'잠깐. 그러면 나도 마음 깊은 곳에서는 사랑이 넘치고 섹스가 있는, 남자와의 삶이 이상적이라고 생각하는 건가? 이상적인 섹스 라이프를 손에 넣기 어려워서 차선책으로 여자 친구들과의 생활을 선택한 건가?'

그런 건 싫어! 지금의 생활이야말로 내가 꿈꾸던 이상적인 삶이야! 갈 수 있는 여자가 돼서 더더욱 최강이 되겠어!

섹스를 하고 나면 마음과 몸의 중심이 불분명해진다. 호텔을 나와 스마트폰을 확인하니 미오가 보낸 '탄산수 사다 줘.'라는 메시지가 있었다. 탄산수, 탄산수라고 되뇌며 걷는데 우연히 지나친 인테리어 가게에서 장미 무늬가 새겨진 마네킹을 발견했다. 충동적으로 2만 4천 엔을 카드로 한꺼번에 결제하고 집까지 들고 갔다. 탄산수가 왔다는 말과 함께 거실에 마네킹을 내려놓자 동거인들은 떠들썩하게 기뻐했다. 마네킹에 입힐 가장 귀여운 의상에 관해 열띤 토론을 벌이기 시작했다.

"이게 뭐야! 대박! 귀여워! 우리 이제 다섯 명이네!"

장미 무늬 마네킹 따위는 분명히 쓸모가 없다. 그런데도 넷이 함께 살다 보면 이런 쓸모없는 일이 무척 즐거워진다. 실용성이라고는 전혀 없는 귀여운 가구 들여놓기, 인터넷에서 화제가 됐지만 혼자였다면 먹기 벅찼을 디저트를 사 오기, 피곤한 날에도 바로 침실로 가지 않고 수면 시간을 줄여 가며 거실에서 수다 떨기 등 지금까지 잘라 냈던 일상 속의 모든 쓸모없는 일들이 너무나 소중하게 느껴졌다.

가끔 섹스는 해도 연애에 푹 빠져 본 적이 없는 유리코는 자신이 '사랑'에 적합하지 않은 인간이라고 여겼다. 그러나 지금 친구들과 함께하는 일상이 너무나 사랑스러웠다.

"다음에 어디 놀러 가지 않을래? 내가 운전할게."

집으로 돌아오는 길에 사사모토가 말했다. 아마 가지 않겠지만 좋다고 대답했다. 너무 자주 만나면 마음도 원하게 된다. 그리 생각하니 나는 역시 남자의 몸뿐만이 아니라 마음도 원하는 게 아닐까 싶어졌고 이내 불안해졌다. 매 순간 방침이 흔들린다. 최악의 정권이다.

거실에서 옷을 벗어 마네킹을 갈아입히느라 얇아진 동거인들의 옷차림을 보며 애네는 다 귀엽지만 전혀 섹시하지 않다고 생각했다.

마음이 통하는 동거인들의 몸에 전혀 끌리지 않는다는 사실을 당연하게 여기는 마음과 대체 왜냐고 분노하는 마음이 동시에 존재했다. 마음이 있으면 몸을 원하지 않는다는 것은 과연 건전한 사랑일까, 아니면 불완전한 사랑일까?

넷이 함께 살기 시작하고부터 사랑과 섹스를 분리하는 것이 가장 잘 맞는 생활 방식이라고 확신했다. 그러나 동거인들을 향한 애정이 커질수록 이 관계에서 섹스의 부재를 자꾸 의식하게 됐다.

유리코는 넷이 같이 살기 전에 다 같이 참석했던 모모의 결혼식을 떠올렸다. 그 애는 사랑과 에로스가 일치하는 상대를 찾은 걸까? 그게 역시 가장 행복할까?

아무 말이 없는 유리코의 모습을 의아하게 여긴 카노코가 슬그머니 물었다.

"유리코, 무슨 일이야? 사사모토랑 무슨 일 있어?"

"있잖아, 만약 우리 사이에 섹스가 있으면 어땠을까?"

"뭐?"

유리코의 갑작스러운 질문에 세 사람 모두 당황한 표정으로 그녀를 바라보았다.

"뭔가… 난 이제 모르겠어. 섹스에 대해 너무 많이 생각해서 섹스 자체를 싫어하게 될 것 같아."

어딘가 소꿉놀이 같은 생활이었다. 모두 각자 일해서 식비와 집세를 나눠 내고 있는데도 여전히 가끔은 그렇게 생각이 들었다.

"우리 가족이 되자, 평생 함께 살자."

그렇게 말하면서 시작된 동거였지만 어딘가 끝을 전제로 한 놀이가 아닌가 의심하게 된다.

"우리 사이에 섹스가 있으면 진짜로 영원히 함께 있을 수 있다는 생각이 들어. 그런데 그런 생각을 하는 건 우리의 우정을 믿지 못한다는 뜻일까? 난 이 생활에 섹스가 필요 없는 게 아니라 섹스가 부족하다고 느끼는 것 같아. 난 내가 최강이 되고 싶은 게 아니라 이 생활을 최강으로 만들고 싶어. 스스로 성욕을 채울 수 있는 환경을 만들어서 이게 완벽한 삶이라고 확신하고 싶어…."

카노코, 미오, 아키, 그리고 마네킹까지 모두가 유리코를 바라보며 서 있었다.

아키가 결심한 듯 알았다고 말했다.

"이 생활에 섹스가 부족하다고 생각하면 더하자. 더해서 최강이 되자."

구글 지도를 들여다보며 찾아간 그 가게는 신주쿠 가부키초의 복합 빌딩 4층에 있었다. 문에는 작은 명패만 걸려 있을 뿐 외부에서는 내부의 모습을 전혀 알 수 없었다. 인터폰을 눌러 예약자 이름을 말하고 안으로 들어오라는 높은 여성의 목소리에 따라 아키가 무거운 문을 열었다.

지금까지 보인 건물의 낡고 칙칙한 인상과 달리 보라색을 기조로 한 화려한 실내 장식이 시선을 사로잡았다. 가게 안에 빼곡히 진열된 알록달록한 상품들은 모두 여성용 성인용품이었다.

"저거 좀 봐."

미오가 작은 목소리로 가리킨 곳에는 얼마 전 유리코가 충동적으로 구매한 장미 무늬 마네킹과 똑같은 마네킹이 검은 파티 드레스를 입고 새초롬하게 서 있었다. 팔에 들린 바구니에는 알록달록한 바이브레이터가 담겨 있었다.

여성 직원의 안내를 받아 네 사람은 보라색 벨벳 소재에 다리 끝에는 고양이 발이 달린 소파에 앉았다. 언뜻 보기에는 성인용품이 무작위로 뒤섞여 있는 것처럼 보였지만 다시 둘러보니 각 제품 브랜드에 따라 비주얼 콘셉트가 뚜렷하게 구별된다는 사실을 알 수 있었다.

한쪽에는 빨간색 바탕에 흰색 물방울 패턴이 배치된 독특한 시리즈가 진열되어 있는가 하면 검은색으로 통일된 고딕 스타일의 바이브레이터가 진열된 코너도 있었다. 뚜렷하게 세계관을 구분해서 진열한 방식은 마치 패션 빌딩의 화장품 코너를 연상시켰다. 가게는 여성 전용으로 네 사람 외에도 두 그룹이 더 있었다. 모두 외국에서 온 관광객인 듯했다.

조금 전에 안내해 준 직원이 다가와서 유치원생의 것 같은 튤립 모양의 이름표를 손으로 가리키며 자기소개를 했다.

"니콜이라고 합니다. 잘 부탁드려요."

가벼운 인사와 함께 흔들리는 곱슬머리에서는 좋은 향기가 났다. 독특한 화장 때문에 나이를 짐작하기 어렵지만 아마 동년배인 듯했다. 우리도 밝은 목소리로 인사했다.

"잘 부탁드려요!"

니콜은 달콤하면서도 건조한 어조로 처음 방문했는지, 이 가게에 관심을 가지게 된 이유가 무엇인지 등을 물으며 튜토리얼에 가까운 상담을 시작했다. 가게에 전시된 상품은 모두 작동시켜 볼 수 있지만 직접 손으로 만지는 행위는 엄격히 금지되며, 작동 확인을 할 때는 반드시 비닐장갑을 착용해야 한다는 주의 사항을 들었다. 특히 하체에 직접 접촉하는 행위는 절대로 금지라고 강조하여 말할 때마다 풍성한 속눈썹이 팔랑팔랑 소리를 냈다.

어떤 유형의 상품에 관심이 있는지 니콜이 묻자, 세 사람은 자연스럽게 유리코의 눈치를 봤지만 좀처럼 말이 안 나왔다. 잠시후, 카노코가 입을 열고 물었다.

"요즘 제일 인기 있는 제품이 뭐예요?"

"지금 가장 인기 있는 건 이 애니멀 바이브 시리즈예요."

선명한 파랑, 주황, 노랑 등 단색의 비타민 컬러 바이브레이터 다섯 개가 담긴 바구니가 눈앞에 놓였다. 삽입 시에 클리토리스를 자극하는 부분이 각각 코끼리, 다람쥐, 고양이 같은 동물 모양이었다. 기둥 부분은 육감적인 느낌이 없는 거대한 젤리빈처럼 생겨서 기존에 가지고 있던 바이브레이터에 대한 이미지보다 훨씬 남근다운 느낌이 덜했다.

니콜이 스위치를 켜자 본체가 힘차게 윙윙 물결치기 시작했다.

"이 제품은 귀엽기만 한 게 아니라 강약 조절도 쉽고, 버튼 하나로 이렇게 회전을 좌우로 바꿀 수 있어서 사용이 편해요. 기둥 부분이랑 동물 부분의 강약을 각각 설정할 수 있는 게 포인트죠."

네 사람은 각자 비닐장갑을 끼고 애니멀 바이브레이터를 손바닥에 대서 회전과 진동의 느낌을 확인하며 "오…!"라는 애매모호한 감탄사를 흘렸지만 강도가 센지 약한지, 좋은지 나쁜지는 전혀 판단할 수 없었다.

"참고로 저는 이걸 색깔별로 3개 가지고 있어요."

"색깔별로 3개!"

"립스틱 사는 것처럼 말하네요?"

"아니, 실제로 립스틱 사는 거랑 똑같은 감각이죠. 이 제품은 세금 미포함 3천 엔 정도라 가격도 크게 차이 안 나니까요. 제 집에는 지금 바이브레이터가 총 42개 있고, 기분에 따라 골라 써요. 하지만 아무래도 마음에 드는 것만 자주 쓰게 되기는 해요. 이 시리즈는 파란색 코끼리를 추천해요. 코끼리 코 부분이 클리토리스에 딱 좋게 닿거든요. 솔직히 다람쥐는 별로예요. 내부 자극은 괜찮지만."

"확실히… 립스틱은 많이 사게 되지. 입은 하나뿐인데…"

아키가 말하며 눈짓했다. 네 사람이 은밀한 공감대를 나누며 웃음을 터뜨리는 것에 전혀 개의치 않았다. 니콜은 히트 상품인 바이브레이터와 로터 등을 하나씩 집어 들어 특성을 설명했다. 그것도 기능적인 해설에 그치지 않고 사용자로서의 경험이 전부 담겨 있었다. 듣고 있자니 네 사람은 자신들이 얼마나 성인용품과 거리가 먼 삶을 살아왔는지 실감할 수 있었다.

"사실 우리는 이런 장난감을 한 번도 써 본 적이 없어요."

카노코가 네 사람을 대표하듯 말하자 니콜은 고개를 살짝 기울였다. 인조 속눈썹 안쪽으로 보이는 컬러 렌즈의 발색이 선명해서 빤히 바라보다 보면 자기도 모르게 같은 타이밍이 눈을 깜빡이게 된다.

"자위랑 섹스도 손가락이나 혀로만 하신 거예요?"

"그렇죠! 저는 맨몸 하나로 살아왔거든요!"

카노코의 유쾌한 말투를 흥미로워하는 기색 없이 니콜이 태연하게 말했다.

"맨몸 하나요? 그건 조금 원시인 같네요. 지금은 2022년이잖아요. 구글 홈에 말을 걸면 일정도 조정해 주고, 전기 쿠커에 재료만 넣으면 자동으로 반찬을 만들어 주죠. 그런 시대에 몸 하나로 섹스를 하다니 말도 안 돼요. 그런 원시인 같은 섹스를 할 때가 아니라고요."

원시인 같은 섹스…? 우리는 소리 내어 되뇌었다.

'우리가 지금까지 해 왔던 건 원시인의 섹스였던 거야…?'

"다른 궁금한 점이나 고민 있으세요? 저는 자위 관련 분야가 전문이지만, SM 계열에 관심 있으시면 오늘은 그쪽 전문 스태프도 있으니 불러 드릴 수 있어요."

이번에도 유리코가 침묵을 지키는 것을 확인하자 아키가 입을 열었다.

"섹스할 때 긴장해서 그런지 안으로 가기가 힘든데, 어떻게 하면 더 쉽게 갈 수 있을까요?"

니콜은 아, 하고 왠지 모르게 적개심이 느껴지는 말투로 대답해 주었다.

"파트너가 남자죠? 아, 그러면 그건 남자 때문이에요. 남자는 살아 있는 몸이라 불안정하잖아요. 관계성이나 컨디션에도 영향을 많이 받고요. 솔직히 별로 믿을 만하지 않아요."

니콜은 비닐장갑 낀 손으로 바이브레이터를 쓰다듬으며 말을 이었다.

"그런 면에서 바이브레이터는 좋아요. 감정이 없으니까요. 발기가 안 된다든가, 거칠게 할 일도 없고요. 안심, 안전, 안정… 항상 똑같이 기분 좋게 해 주죠. 제 피부가 엄청 좋은 거 보이시죠? 이게 다 매일 바이브레이터를 써서 안으로 간 덕분이에요. 절대로 고추로는 이렇게 안 되죠. 바이브레이터는 가격도 싸고, 생긴 것도 귀엽고. 안으로 가고 싶다면 하나는 꼭 있어야 해요. 단점이라면 고장이 잘 난다는 거죠."

뭐, 그건 남자도 마찬가지지만…. 니콜이 작게 덧붙였지만 카노코는 주저하지 않고 바이브레이터를 작동시키며 말했다.

"그래도 저는 역시 고추가 좋아요."

"그러시구나. 사실 고추를 좋아하는 분한테 추천하는 바이브레이터가 있어요. 질감이 고추랑 진짜 비슷하고 움직임도 비슷해요.

게다가 고추보다 압도적으로 좋죠."

　카노코가 유난히 육감적인 바이브레이터에 대한 설명을 듣는 동안 유리코는 자리를 옮겨 가게 안을 둘러보았다. 이곳저곳에 놓인 바이브레이터를 아무렇게나 작동시켜 보며 이곳에서 들은 정보를 머릿속으로 곱씹었다. 방문 전에 성인용품에 관해 검색해 봤지만 역시나 쓸모없는 성인 사이트만 뜨고 유익한 정보는 거의 얻지 못했던 터였다. 니콜 같은 전문가의 상담을 받으며 제품을 음미할 수 있다는 그 자체만으로 매우 귀중한 경험이라고 느껴졌다. 역시 도쿄에 살고 있어서 다행이라고 생각함과 동시에 인터넷에 실망을 느꼈다. 주머니 속의 스마트폰이 만능인 줄 알았다. 어지간한 정보는 이 기계로 알 수 있다고 생각했다.

　유리코는 자기주장이 강한 외형의 수많은 제품 가운데, 유난히 이질적이고 무척 간결하며 미래지향적인 형태의 제품들이 진열된 코너에 시선을 빼앗겼다. 바이브레이터와 로터는 모두 진주처럼 빛나는 색깔의 실리콘으로 덮여 있었고, 조작 버튼은 모두 은색으로 통일되어 있었다. 불필요한 부분을 배제한 세련된 디자인은 장난감이라기보다 첨단 기기로 보일 법한 외형이었다. 그중에 한 바이브레이터를 손에 들자 지금껏 만져 본 다른 바이브레이터에 비해 묵직한 무게감이 느껴졌다. 은색 버튼이 배치된 손잡이 부분에는 작은 디스플레이까지 달려 있었다.

　'이건 뭐지?'

제품 소개 패널에는 큼지막한 글씨로 '섹스에 문명을'이라는 단한 문장만 적혀 있었다. 비닐장갑을 바스락거리며 은색 버튼을 만지작거리자 니콜이 소개한 'SM 전문'인 여성 직원이 다가왔다. 가슴에 붙인 이름표에는 매직으로 '다카오카'라고 적혀 있다.

"대단하죠. 이건 최첨단 스마트 섹스 아이템이에요."

"어떤 점이 최첨단이죠?"

"이 제품은 삽입했을 때 질 내의 수축이나 체온 변화를 기억해서 사용자의 기분 좋은 지점이나 패턴을 학습하고, 나중에는 버튼 하나로 바로 갈 수 있도록 설계됐어요. 스마트폰하고 연동할 수도 있고요."

"스마트폰이랑 연동할 수 있다고요?"

"쾌감의 강도나 체온을 수치로 기록하니까 언제든지 그래프로 확인할 수 있고, 같은 시리즈 제품이라면 동기화해서 정보를 공유할 수도 있어요. 게다가 엄청 튼튼해서 물 세척도 가능하고 제조사 보증도 2년이나 돼요. 하지만 그만큼 가격이 꽤 나가요."

유리코는 제품에 붙은 세금 제외 8만 9천 엔이라는 가격표를 확인하고 눈을 크게 떴다.

"이건 거의 컴퓨터랑 같은 가격이잖아요."

"사실상 바이브레이터 모양의 컴퓨터니까요. '섹스에 문명을'이라는 콘셉트대로 스마트 가전이나 마찬가지예요. 자주 업그레이드돼서 점점 고성능이 되는 것 같고요. 저희도 이 시리즈는 가볍게 구매하기 어려워서 조금 그래요. 장난감으로 가볍게 즐기고 싶은 사람에겐 적합하지 않죠."

다카오카의 설명을 듣는 내내 유리코는 남자 성기를 모방했다기보다는 세련된 의수나 의족처럼 기계적인 외형에서 눈길을 뗄 수 없었다.

네 사람은 각각 종이봉투를 흔들며 전철에 올랐다. 가장 가까운 역에서 내리자 드디어 집에 돌아왔다는 느낌이 들었다. 불과 몇 달밖에 함께 살지 않았지만, 이 동네를 고향처럼 느끼며 걸었다. 특히 기분이 좋은 유리코는 힐을 또각거리며 경쾌한 걸음으로 앞장섰다. 근처 선술집에 들러 술을 마시고 배부르게 먹은 뒤 라멘을 먹고 싶다고 고집을 피워 셋을 히다카야(일본식 중화요리 체인점)로 끌고 갔다. 그리고 문득 정신을 차려 보니 세븐일레븐 주차장에 누워 있었다. 거친 아스팔트가 뺨에 닿아 따가웠다. 시선을 돌리니 경계석에 앉아 있는 카노코와 눈이 마주쳤다. 조금 더 시선을 옮기니 모서리가 약간 찌그러진 8만 9천 엔짜리 하얀 상자가 유리코 옆에 누워 있다.

"히다카야에서 파는 사워가 좀 독하지 않아?"

그렇게 묻자 미오가 대답했다.

"너 히다카야에서 사워 안 마셨어."

"진짜?"

"그리고 너 라멘도 안 먹었어."

"말도 안 돼."

아키는 마구잡이로 사진을 찍어 대며 떠들었다.

"9만 엔짜리 바이브레이터랑 굴러다니는 여자!"

'9만 엔 아니거든. 세금 빼고 8만 9천 엔이니까 거의 10만 엔이나 한다고!'

시야가 흐릿한 채로 지금의 상황이 너무 웃겨서 키득대며 웃음을 터뜨리자 유리코의 눈가에서 흐른 눈물이 아스팔트에 스며들었다.

"얘 울고 있어! 미쳤나 봐!"

머리 위에서 들리는 셔터 소리가 더 빨라졌다.

호흡이 안정될 즈음 유리코는 평생 이렇게 있고 싶다고 말하려다 멈칫했다. 그래서 '평생'이라는 말이 너무 사치스러운 느낌이라 조금 자제해서 5년 후에도 이러고 싶다고 말했다. 그랬더니 오히려 더 간절한 울림을 품는 바람에 잠시 네 사람 사이에 정적이 흘렀다.

"우리는 5년 후엔 뭘 하고 있을까?"

"당연히 이러고 있겠지."

카노코가 근거 없는 자신감을 내비치고 분위기는 흐지부지 넘어갔다.

"야, 너 여기 주차장이야. 잠들지 마라."

미오가 유리코를 내려다보며 발길질하는 시늉을 했다. 그 뒤로 커다란 달이 빛나고 있었다.

'달이 진짜 크네.'

발을 들어 달을 차려고 했더니 새로 산 파란 펌프스가 날아가 바이브레이터 옆에 떨어졌다. 오늘은 가장 마음에 드는 차림으로 외출한 날이었다. 새 미용실에 처음 갈 때 '저는 이런 느낌이니까 꼭 어울리는 스타일을 추천해 주세요!'라는 속마음을 드러내는 소소한 자기표현에 가까웠다.

"우리 고등학교 근처에 있던 세븐일레븐 없어진 거 알아?"

고급스러운 하얀 박스와 파란 펌프스에서 눈을 떼지 않은 채 유리코가 말했다.

"거짓말! 거기가 없어질 리가 있어?"

"없어지고, 요양원이 됐더라."

예전에 좋아했던 밴드가 해체했을 때 느꼈던 자기중심적인 쓸쓸함이었다. 고등학교와 역 사이에 있던 그 세븐일레븐은 딱히 볼일이 없어도 자주 들르곤 했다. 경계석에 앉아 아이스크림을 먹거나 어묵 국물을 홀짝였다. 그 세븐일레븐의 주차장은 훨씬 넓었다. 거기에 비하면 도쿄의 주차장은 좁다는 생각이 들지만 눕기에는 딱 좋다. 하지만 누워 본 적은 없었다. 이제는 그 세븐일레븐은 없지만 쭈그려 앉았던 경계석은 아직 남아 있었다. 장난삼아 붙였던 스티커 사진은 여전히 그 자리에 있을까?

대화가 잠시 끊기자 미오가 말했다.

"알겠어, 알겠어. 넷이 같이 들어가자, 그 양로원에."

"양로원에 바이브를 들고 가도 되나?"

"몰라!"

아키가 웃으면서 대답했다.

"안 되면 어쩌지? 양로원은 금욕 시설인가?"

"있잖아, 우리 사이에 섹스가 있으면 어떻게 됐을까?"

유리코가 다시 세 사람에게 질문하자 미오가 대답했다.

"…우리는 말이야, 섹스도 안 하고 혈연도 아니라 잘 지내는 거야. 서로에게 너무 의지하거나 과하게 기대하지 않으니까."

우리는 꽤 서로를 신뢰한다고 생각했지만, 같은 집에서 살면서 근본적인 부분은 서로에게 완전히 의지하지 않는다는 사실을 깨달았다. 완전히 의지하지 않으니 문제가 생기기 전에 예방해야 한다는 의식이 작동했고, 그 덕분에 룸 셰어는 순조롭게 운영되고 있었다. 알아차린 사람이 처리해야 하는 집안일이 방치되는 경우도 거의 없었고, 매달 집세와 공과금도 균등하게 정산됐다.

우리가 진짜 가족이나 연인이었다면 더 의존하며 서로 얽히고 설켜 살았을지도 모른다. 금전적으로나 정신적으로도 서로에게 기대고, 그러다 만약 문제가 생기면 섹스로 일단 해결을 보거나 혈연이라는 강한 유대로 흐지부지 넘겼을지도 모른다.

하지만 우리는 그럴 수 없기에 최소한의 자립심을 항상 유지해야 했다. 우리의 형태는 너무나도 명확했다.

"하지만 나는 너희한테 굉장히 기대하고 있을지도 몰라."

'너희가 혼자 살 때는 훨씬 더 엉망이었던 걸 알아. 그런데 이 생활이 너무 쾌적해서, 다들 이 룸 셰어를 한정된 기간의 좋은 추억으로만 남기려는 것 같아서 짜증이 나.'

"피가 이어지지 않은 가족도 있잖아. 섹스 없는 연인이나 부부도 있고. 있으면 행복할 수도 있겠지만 없다고 해서 불행한 것도 아니야. 게다가 오늘, 우리 집의 섹스 환경은 한층 더 진보하기까지 했잖아."

"이거 배터리 들어 있을까?"

남자 성기를 선호하는 사람에게 추천하는 전용 바이브 상자의 뒷면을 읽던 카노코에게 미오가 말했다.

"세븐일레븐에서 사자, 세븐일레븐에서."

"혈연 없는 가족도 있고, 섹스 없는 연인도 있고. 그러면 우리는 대체 뭘까?"

술기운에 취해 유리코의 생각이 흘러나왔다.

"뭐긴, 친구지."

카노코가 아무렇지 않게 말했다. 아키가 진지한 표정으로 유리코의 옆에 앉았다.

"유리코, 미안. 그때 뭐가 좋아서 섹스를 하냐고 말했잖아. 난 유리코가 섹스를 즐기는 게 부러웠던 것 같아."

오르가슴을 느낄 수 있으면 행복하겠지만, 그렇지 않다고 해서 불행하지도 않은 듯하다.

'그래도 내게는 스마트 섹스 아이템이 있으니까 괜찮아.'

어느 나라에서는 진지하게 섹스 로봇을 개발하고 있다고 한다.

'에로스의 발전과 내 성욕이 마르는 날, 둘 중 어느 쪽이 빨리 들이닥칠까.'

"괜찮아. 취했을 때랑 섹스할 때 했던 말은 전부 무효니까."

"그러면 거의 다 무효잖아."

"그래도 나는 앞으로 오르가슴을 못 느껴 본 여자한테 뭐가 좋아서 섹스를 하느냐고는 절대 묻지 않을 거야!"

유리코가 말투를 격하게 높였다.

"아직 마음에 담아 두고 있네! 미안하다니까!"

아키도 큰 소리로 말했다.

"아, 멋진 여자가 되고 싶다!"

달을 향해 외치는 유리코에게 미오가 말했다.

"시끄러워. 아직 아스팔트 자국이 남은 주제에."

카노코가 이어서 말했다.

"10만 엔짜리 바이브레이터를 사는 여자는 멋지지."

우리는 섹스라는 카드도 없고, 혈연이라는 카드도 없다. 하지만 이렇게 부족한 건 돈으로 해결하면 된다. 돈이 가장 빠른 방법이다. 나에게는 돈도 있고, 일도 있고, 사랑도 있다. 나머지는 전부 사소한 것들이다. 일을 계속하자고 다짐하며 땅바닥에 엎드려 눈을 감자 이번에는 분명히 미오가 발길질하며 말했다.

"야, 자지 마!"

거실에 걸려 있는 공용 달력에는 각자의 보너스 지급일이 눈에 띄게 적혀 있다.

그날 손에 넣은 섹스 아이템을 각자가 어떻게 활용하고 있는지는 서로 알지 못한다. 세금 미포함 8만 9천 엔인 스마트 섹스 아이템 덕분에 유리코가 오르가슴을 느낄 수 있는 여자가 되었는지 카노코, 미오, 아키는 알 수 없다. 다만 침대 헤드보드 위에 태연하게 자리 잡은 무표정한 기기가 날마다 동료를 늘리고 있다는 사실만큼은 세 사람 모두 알고 있다.

유리코는 오늘도 날짜가 바뀔 무렵 귀가해서 샤워를 하고, 아직 깨어 있는 동거인들과 가벼운 농담을 주고받은 뒤 보드라운 젤라토 피케로 몸을 감싸고 침대에 쓰러졌다. 불을 끄면 헤드보드 위에 늘어선 기기들이 어둠 속에서 희미하게 하얗게 떠오른다. 그 광경은 마치 바닷속 산호 같기도 하고 우주 같기도 했다. 확장되어 가는 나의 우주, 나의 바다….

하얗고 매끄러운 기기들의 무기질적인 감촉, 충전 완료를 알리는 은색 빛, 머리맡의 스마트폰과 동기화되어 날마다 정밀도를 더해 가는 수치, 그 모든 것이 유리코에게 강한 희망이 됐다.

3

나나는 생각 중

이끼색, 회색 등 칙칙한 색의 옷들만 보이는 가게 안에서 핑크색 레오파드 무늬 탱크탑은 매우 눈에 띄었다. 익숙한 뒷모습을 보고 다가가 어깨를 두드리자 카노코가 무선 이어폰을 귀에서 빼며 말했다.

"빨리 왔네."

고등학생 때도 그랬다. 교실에 들어서는 순간 모든 교칙을 있는 힘껏 어기며 화려하게 꾸민 카노코의 모습이 자연스럽게 눈에 들어왔다. 10년 전의 기분을 떠올리니 미소가 번졌다.

"뭐 좀 마실래?"

"아니, 최대한 빨리 집에 가고 싶어."

알았다고 대답한 카노코는 아이패드를 가방에 넣고 머그컵이 놓인 쟁반을 들고 일어났다. 그리고 그 뒤를 느릿느릿 따라갔다.

미오는 올해 스물여덟이 됐지만 병원이나 투표장에 가는 습관이 전혀 없었다.

반면에 아키는 치과, 안과, 피부과 등 매일 같이 병원을 오가며 관리를 게을리하지 않는 병원 애호가다. 그런 아키에게 자궁경부암조차 검진받은 적이 없다는 사실이 들통나며 거의 억지로 검진을 받았다. 그 덕에 약 두 달 전 암 직전 단계라는 진단을 받았다.

그야말로 순식간에 수술 당일인 오늘을 맞이했다. 미오가 받은 수술은 자궁 입구를 원뿔 모양으로 절제하는 수술로, 실제 수술 시간은 15분 정도에 불과했다.

의사가 향후 임신은 충분히 가능하다고 설명했을 때 큰 감정 변화는 없었다. 거스를 수 없는 강렬한 감정의 물결, 그러니까 기쁨이나 안도감이 밀려오리라고 예상했기에 왠지 모르게 허탈했다. 오히려 가입했던 생명보험의 전암 상태에 해당하는 특약으로 보험금이 나온다는 사실에 오히려 더 명확히 안도와 기쁨을 느꼈다. 현재 미오에게 임신 기능은 가전제품에 딸려 있지만 한 번도 사용하지 않은 옵션 기능에 가까웠다.

수술을 알리기 위해 전화를 걸자 어머니는 그때 백신을 맞히지 못해서 정말 미안하다고 사과했다.

대학생 시절, 자궁경부암을 예방하는 HPV 백신 접종이 정부에서 권장되기 시작했지만 미오는 접종하지 않았다.

지금은 HPV 백신 접종이 당연하게 여긴다. 하지만 당시에는 백신 접종 후 드물게 발생하는 아나필락시스 등의 심각한 부작용을 언론에서 자주 다뤘던 탓에 접종을 망설이는 분위기가 뚜렷했다. 미오의 어머니도 시기상조라고 판단했는지 접종을 미루라고 일부러 연락했다.

물론 어머니의 판단이 틀렸다고 생각하지 않는다. 같은 반 친구 중에서도 당시 백신을 맞은 사람은 극히 적었다. 암 발병률이 높은 집안이라는 카노코는 일찍이 접종했지만 유리코는 미오와 마찬가지로 아직 접종하지 않았다. 아키는 사회인이 된 후 5만 엔 정도를 들여 자비로 접종했다고 했다.

그때 백신을 맞았더라면 좋았을 거라고 어머니는 반복해서 말했다. 조기에 발견해서 생명에 지장도 없고 자궁을 전부 절제한 것도 아니라 임신도 가능하다고 몇 번을 설명해도 자기 탓에 딸이 힘든 일을 겪는다며 고생시켜서 미안하다고 했다.

일을 쉬고 수술에 동행하겠다는 어머니의 제안을 감염증 예방 대책을 이유로 동행이 금지됐다고 거절했다. 옆에서 누군가가 과거의 판단을 계속 후회하는 상황은 도저히 참을 수 없었다.

당일치기 수술이니 혼자 다녀올 생각이었다. 그런데 동거인 중한 명인 카노코가 순정 만화 작가인 덕분에 시간 조정이 가능하니 병원 카페에서 기다리겠다고 했다. 그 제안을 받아들였다.

미오를 배려해서라기보다 카노코는 이런 가족 같은 이벤트를 아주 좋아했다.

카노코, 아키, 유리코, 미오 네 사람이 함께 살기 시작한 지도 어느덧 1년이 다 되어간다.

1년 전, 어차피 남자랑은 결국 섹스를 안 하게 되고 친구처럼 지내게 될 테니 오랜 세월 쌓아 온 우정을 바탕으로 여자인 친구들과 가족이 되고 싶다며 하이볼을 손에 들고 외친 사람은 다름 아닌 카노코였다. 미오는 처음에 말을 꺼낸 카노코가 제일 먼저 질려서 남자를 사귀고 나가 버리지는 않을지 걱정했지만 지금까지 그런 기미는 전혀 보이지 않았다. 덕분에 네 여자의 동거 생활은 무난히 계속되고 있다.

평일 낮의 전철은 한산해서 햇빛이 들지 않는 쪽 좌석에 앉아 다리를 뻗어 느긋하게 앉았다.

"수술이 생각보다 빨리 끝나서 콘티를 하나도 못 끝냈어."

"큰 수술 아니라서 미안하네."

카노코가 하하 소리를 내어 웃었다.

"아파?"

"몸은 멀쩡한데 가랑이가 어정쩡한 느낌이야."

"그 정도로 라임 맞출 수 있으면 괜찮은 것 같은데."

집에서 가장 가까운 전철역에서 내리니 배가 슬슬 고파졌다. 카노코를 끌고 역 앞의 스테이크 집에 들어갔다.

"최대한 빨리 집에 가고 싶다더니."

"그냥 갑자기 이러고 싶은 기분이 들었어."

미오의 말에 카노코는 어이없다는 표정을 지었지만 속으로는 기뻐하고 있다는 사실을 알고 있었다. 카노코는 이런 비합리적인 행동에 휘말리는 상황을 아주 좋아했다.

몇 그램 정도 먹을 수 있냐는 질문에 400그램이라고 대답했다. 비말 차단용 아크릴판 너머로 카노코가 즐겁게 웃었다. 여기서 맥주까지 시키면 빵 터질 테지만 아무래도 수술 직후라 자제했다.

수술이 금요일에 있었기 때문에 유급 휴가는 당일 하루만 사용했고 주말이 지나니 평소처럼 업무가 시작되었다. 통증이나 출혈은 거의 없었지만 묘하게 허리가 무거운 느낌이 들었다. 재택근무가 허용돼서 얼마나 다행인지 새삼 느꼈다.

오전 근무를 마치고 방의 책상 앞에 앉아 기다리니 올케인 레나 씨한테서 '저는 예정대로 점심시간이에요. 그쪽은 어때요?'라는 메시지가 왔다. 나는 '저도요. 편하게 연락해 주세요.'라고 답장을 보냈다. 곧 레나 씨의 모습이 스마트폰 화면에 나타나 피곤한 표정으로 말했다.

[미안해. 귀한 점심시간인데. 이런 걸 미오한테 상담하는 게 미안하고 부끄럽기도 한데.]

레나 씨의 딸, 그러니까 미오의 조카인 초등학교 5학년 니나가 등교를 거부한다는 이야기는 이미 전화로 들었다.

2020년 봄. COVID-19의 확산으로 우리의 생활은 크게 변했다. 여름으로 예정된 도쿄 올림픽이 연기됐고, 도쿄를 포함한 일곱 개 지자체에는 일본 최초의 긴급사태 선언이 내려졌다. 니나가 다니는 공립 초등학교도 약 두 달 동안 휴교에 들어갔고 5월 말에야 등교가 재개됐다. 하지만 그때까지 개근이었던 니나는 띄엄띄엄 학교에 안 나가더니 여름방학을 앞두고는 완전히 학교에 가지 않게 됐다고 한다.

[너무 당황스러워. 왜 학교에 가기 싫은지 물어봐도 아무 말도 안 해. 분명한 이유가 있는지조차 모르겠고. 학교에 가기 싫어하는 것만 빼면 정말 평소와 다를 게 없거든. 공부도 잘하고, 밥도 잘 먹어. 코로나 때문에 미니 농구 대회가 취소된 게 충격이었나 싶어서 슬쩍 물어봤는데, 그것도 아닌 것 같아.]

뭐, 진짜 속마음은 알 수 없지만. 그렇게 중얼거리는 레나 씨의 뒤에는 무기질적인 방의 대부분을 차지하는 침대가 존재감을 뿜냈다. 미오처럼 오늘은 재택근무 중인 레나 씨는 집에 계속 니나가 있는 탓에 가까운 비즈니스호텔에서 영상 통화를 하고 있었다. 이 동네에도 도쿄 올림픽 특수를 기대하며 생긴 호텔들이 몇 개 있지만 손님이 드나드는 기미는 전혀 없었다. 러브호텔보다 저렴한 가격에 원격 근무자들이 시간제로 빌리는 경우가 대부분인 듯했다. 기분 전환도 되고 마음 놓고 회의를 할 수도 있어서 좋았다. 그러나 하얀 시트가 팽팽하게 깔린 침대의 유혹과 등을 맞대고 제대로 일할 수 있을지 의문이었다.

"오빠는 뭐라고 해요?"

[지금은 어른도 아이도 모두 불안정한 시기니까 좀 더 지켜보자고 해. 그보다 애초에 그 사람은 요즘 엄청 바빠서, 제대로 이야기할 시간도 없어.]

음료 제조사의 시스템 부서에서 일하는 오빠는 직원들의 원격 근무 환경 정비와 디지털 전환DX 추진 등의 업무로 정신없이 바쁜 날들을 보내고 있었다. 출근이든 재택근무든 매일 한밤중까지 일하고 있는 모양이었다.

"공부를 게을리하는 것도 아니고, 이 시기에 잠깐 학교에 가지 않는다고 해서 돌이킬 수 없는 문제가 생기지는 않을 거라고 하는데. 하긴, 긴 인생에서 몇 개월 정도 초등학교를 안 다니는 기간이 있어도 큰일은 나지는 않을 수도 있지. 그런데 정말 이게 큰일이 아닐까? 돌이킬 수 없는 문제가 생기지 않는다고 장담할 수 있을까? 자꾸 그런 생각이 들어."

미오보다 일곱 살 많은 오빠 부부는 고등학생 때부터 사귀었다. 적어도 미오의 눈에는 꽤 순조로운 연애를 거쳐 신입사원 1년 차에 결혼해서 이듬해에 니나가 태어났다.

아직 목도 가누지 못하던 조카를 처음 품에 안은 고등학생 미오는 자신도 그냥 평범하게 살아가면 언젠가 이런 과정을 밟게 될 것이라고 막연하게 생각했다. 누군가와 사랑에 빠지고, 때가 되면 결혼하고 아이를 낳는다. 그러나 그것이 당연하지 않다는 사실을 언제쯤 깨달았을까.

미오도 오빠처럼 잠깐의 등교 거부는 큰일도 아니고, 돌이킬 수 없는 문제가 생길 일은 없다고 생각했다. 애초에 무엇을 돌이키겠다는 걸까. 하지만 그런 생각은 어디까지나 타인이기에 내릴 수 있는 낙관적인 판단이자 궤변일 뿐이다. 그러니 엄마인 레나 씨를 앞에 두고 가볍게 입 밖에 낼 수는 없었다. 등교 거부로 인해 잃게 되는 무언가를 돌이켜 되찾기 위한 시간과 고생은 미오가 짊어질 일이 아니기 때문이다.

[지나친 생각이라는 건 알지만, 왠지 니나가 나를 시험하는 느낌이야. 잘못 대처할까 봐 겁이 나. 지금 내가 하는 대처가 앞으로의 모녀 관계에 평생 영향을 미치지 않을까 싶거든. 일거수일투족이 중요하게 느껴져서 다정하게 대해야 할지, 엄격하게 해야 할지 판단이 안 되니까 아무것도 못 하겠어.]

고민이 절실하게 전해졌지만 무슨 말을 해야 할지 몰라 망설이자, 레나 씨가 그걸 눈치챘는지 변명하듯 급히 말했다.

[그래서 말인데, 니나가 얼마 전에 미오네 집에 놀러 갔던 게 정말 즐거웠나 봐. 미오 이모네 집에 또 가고 싶다, 다음엔 언제 갈 수 있을까. 그런 말을 매번 해. 처음에는 코로나가 잠잠해지면 다시 놀러 가자고 말했는데, 그 애가 딱히 다른 걸 하고 싶다거나 어

디 가고 싶다는 얘기를 전혀 안 하거든. 물어봐도 그냥 없다고만 하고. 그래서 음… 지금 세상이 이런 상황인 만큼 정말 민폐고 비상식적이라는 건 잘 알지만 조만간 니나가 또 놀러 가도 될까?]

얼굴을 마주하면 적당히 대화를 하지만 사적으로 만난 적은 없는 이 올케가 미혼이며 자녀도 없고 등교 거부 경험도 없는 자신을 상담할 상대로 고른 이유가 이제야 이해됐다.

순정 만화 잡지 《마카롱》의 애독자인 니나는 카노코가 연재 중인 만화 〈오렌지색 오후의 말괄량이 키스(통칭 오레키스)〉의 열성팬이었다. 올해 정초에 미오가 카노코와 함께 산다는 사실을 알게 된 니나는 엄청나게 흥분했다. 평소에는 나이에 비해 침착하고 시크한 면이 있는 니나가 그때만큼은 처음 보는 열정적인 모습으로 카노코의 정보를 캐묻는 바람에 웃음이 나와서 넷이 함께 사는 셰어하우스에 초대해 카노코와 만나게 해 줬다.

"아, 저는 언제든 괜찮아요. 동거인들도 좋아할 거예요."

'다들 반면교사 같은 어른들뿐이지만요.'라고 웃으며 전화를 끊자마자 괜히 쓸데없는 자기 비하로 레나 씨를 불안하게 만들지는 않았는지 후회가 밀려왔다. 분위기를 풀기 위해 별생각 없이 자조적인 말을 내뱉는 건 이제 그만하자고 항상 생각한다. 하지만 제나이 때 이미 결혼과 출산을 마친 레나 씨의 고민이 너무나도 정상처럼 보여서 괜히 움츠러들고 말았다.

레나 씨는 미오가 수술받았다는 사실을 몰랐다. 어머니에게 적당한 때에 자신이 직접 말할 테니 다른 사람에게 말하지 말라고 부탁했기 때문이다. 성경험을 하기 전에 접종하는 것이 가장 효과적이라고 알려진 자궁경부암 백신을 하루빨리 니나에게 맞히라고 어머니가 잔소리를 늘어놓을까 걱정도 됐고, 지나치게 배려받는 것이 귀찮기도 했기 때문이다.

부모님과 동거인들을 제외하고는 직장에서 가장 친한 동기 한 명에게만 수술 사실을 알렸다. 그 동기가 조심스럽게 임신은 가능하냐고 물었고 문제없다고 대답하자 정말 다행이라며 거의 울먹이면서 손을 꼭 잡았다. 미오 자신보다 훨씬 더 안도하는 모습에 웃음이 나왔다. 하지만 그게 사람으로서 당연한 반응일지도 모른다. 앞으로 자궁 관련 질환을 털어놓을 때마다 상대가 임신 가능 여부를 걱정하고 그때마다 임신 가능 선언을 해서 안심시켜야 한다고 생각하니 현기증이 났다.

굳이 임신 가능 여부를 밝힐 필요는 없지만 이제 임신을 못 하는 몸이 되었다고 넘겨짚은 상대에게 모호한 동정을 받는 것도 싫다. 결국 미오 자신은 임신 기능이 남아 있다는 사실에 그다지 큰 기쁨을 느끼지 않는데도 매번 아직 임신할 수 있다고 선언하게 될 운명인 셈이다. 정말이지 징그럽기 짝이 없다.

오후 업무를 시작할 시간이 지났지만 급한 일이 없으니 괜찮다는 생각으로 침대에 누웠다. 만약 레나 씨가 병에 대해 알았다면 딸에 대한 상담은 하지 않았을지도 모른다는 생각이 들었다. 당분

간은 이 사실을 말하지 않기로 결심했다.

끈적하고 더운 토요일 오후. 캐리어를 끌며 다시 우리 집을 방
문한 니나는 팔다리와 목이 자연스럽게 쭉 뻗어 건강한 초등학생
소녀의 분위기를 물씬 풍기고 있었다. 머리카락을 하나로 높이 묶
고 짧은 반바지에 알록달록한 스포츠 샌들을 맞춘 스타일은 전혀
등교를 거부하는 아이처럼 보이지 않았다. 그렇다면 등교를 거부
하는 여자아이는 어떤 모습일까? '등교 거부 아동'이라는 머릿속의
이미지가 너무 막연하다는 사실을 새삼 깨달았다.

"아, 이제 마스크 벗어도 돼. 그 주황색 마스크 귀엽다."

"주황색이 아니고 살구색이야. 나는 웜톤 스프링이라."

아키가 말을 건네자 니나가 마스크의 끈을 귀에서 빼내며 그렇
게 대답하는 바람에 모두 깜짝 놀랐다.

니나는 앞으로 이 집에서 우리 네 사람과 2주 동안 함께 지내기
로 했다. 지난번 방문은 당일치기였기에 생각보다 오래 머물고 싶
다는 제안을 받고 놀랐지만 레나 씨에게는 큰 도전일 것이다.

"여름방학이니까 딱 좋다!"

기뻐하던 니나에게 아빠인 우리 오빠가 대답했다.

"딱 좋기는. 어차피 학교 안 가니까 상관없잖아."

"그건 그렇지만, 그냥 기분이 그렇다고."

레나 씨는 기절할 뻔했지만 니나는 태연하게 말했다고 한다.

첫날밤은 배달 온 피자를 먹으며 다섯 명이 함께 게임을 했다. 니나를 봐줘야겠다고 마음먹었는데 오만이었다. 당연히 니나가 더 잘해서 모두 진심으로 열을 올렸다. 들었던 이야기처럼 미오가 보기에도 니나는 등교 거부 전과 전혀 달라진 점이 없는 듯했다. 여전히 당돌하고 시크한 면이 있지만 사소한 일에도 잘 웃었다. 등교 거부 이야기를 듣고 처음에는 다들 약간 긴장하며 조심스러운 태도를 보였던 동거인들도 점차 긴장이 풀려, 사랑스러운 손님을 환영하며 들떴다. 평소보다 더 쓸데없는 농담을 하며 어떻게든 니나를 웃기려고 안간힘을 썼다. 아이가 웃으면 정말 기분이 좋다는 사실을 깨달았다. 밤이 깊어질수록 오히려 니나에게 우리가 놀아 달라고 매달리는 분위기가 됐다.

기본적으로는 미오의 방에 손님용 이불을 깔고 자기로 하고 콘센트 위치와 필요하면 뽑아도 되는 콘센트를 알려 줬다. 잘 자라고 인사를 건네고 잠들기 전에 습관처럼 SNS를 훑고 있는데 어두운 방 안에서 니나가 스마트폰을 조작하는 기척이 희미하게 느껴졌다. 끊임없이 메시지를 주고받고 있는 상대는 아마도 학교 친구들인 듯했다. 가끔 새 메시지를 확인하며 낮은 목소리로 킥킥 웃기도 했다.

"너무 당황스러워."라고 말하던 레나 씨의 지친 얼굴이 떠올랐다. 확실히 친구들과의 불화처럼 알기 쉬운 등교 거부 이유가 있었으면 편할 텐데. 이해하고 무언가 대책을 세울 수 있는 원인이.

니나는 여름방학이지만, 우리에게는 여전히 평일이 계속된다. 니나는 낮 동안 대부분의 시간을 카노코의 방에서 보냈다. 만화를 그리는 카노코 옆에 둥근 의자를 놓고 작업하는 모습을 질리지도 않고 지켜본다. 그러다 가끔은 거실로 나와 자기 공부를 하기도 했다.

오늘은 유리코만 출근하고 미오와 아키는 재택근무를 할 예정이었다. 정부의 '스테이 홈' 요청으로 재택근무가 시작된 직후에는 평일에도 친구들과 같은 집에서 일한다는 비일상적인 상황에 잠시 크게 들떴었다. 그러나 네 명 모두가 항상 집에 머무는 생활이 이어지자 전례 없는 답답함을 느꼈다. 하지만 그것도 시간이 지나며 익숙해졌다.

지금은 벽 너머에서 들려오는 다른 사람의 숨소리나, 화장실이나 부엌에서 나는 소음도 아무렇지 않게 느껴졌다. 반면 드물게 모두가 모인 밤의 축제 같은 기분은 완전히 과거의 일이 됐다. 같은 집에 있는 시간이 늘었지만 이상하게 동거인들의 머리 모양이나 체형 같은 사소한 변화에는 무뎌졌다.

예전에는 금요일 밤, 막차까지 술을 마시고 돌아오면 종종 같은 시간에 귀가하던 취한 동거인을 역 근처에서 만나곤 했다. 어차피 집에서 다시 만나는데도 함께 큰 소리로 떠들며 비틀비틀 집까지 돌아가는 길이 꽤 즐거웠었다. 그러나 지금은 식당들이 줄줄이 문을 닫으면서 그런 일도 자취를 감췄다. 네 명 모두 곧이곧대로 집에만 갇혀 지내지는 않았다. 동거인들의 코로나에 대한 경계 수준은 매일 조금씩 달라졌다. 예를 들어 가족이나 연인을 만나는 건 괜찮지만 다른 이성과 노는 건 미묘하다는 식의 암묵적인 경계선을 민감하게 파악하며 각자 적당히 숨을 돌리고 있었다. 그래도 인간관계는 점점 좁아졌다. 네 명 중 한 명이라도 감염되면 전원이 밀접 접촉자로 간주되기에 우리의 공동체적 유대는 예기치 않은 방식으로 더욱 강해지고 있었다.

니나에게 이 2주는 비일상적인 경험일지 모르지만 우리에게도 큰 이벤트였다. 평소에는 생각도 안 했던 수제 만두를 만들어 보자는 기분이 들었을 정도였다.

식탁 위에 랩을 깔고 만두피를 잔뜩 늘어놓은 뒤 열심히 소를 채워 넣었다.

"유리코가 안 오네."

"유리코는 9시쯤 온다고 했으니까 우리 먼저 먹자."

시계를 자꾸만 보며 걱정하는 니나를 아키가 타일렀다.

"에이, 늦네."

재택근무 덕분에 여유가 생긴 데다가 니나가 온 뒤로는 넷 다 일부러 빨리 일을 끝내고 있지만 니나의 눈에는 우리가 엄청 바쁘게 일하는 어른들처럼 보였던 모양이다.

"너희 아빠랑 엄마가 훨씬 더 바쁘잖아?"

"음, 아빠는 항상 늦게 오긴 하지만 엄마는 뭐, 보통이지? 야근

같은 건 안 하는 것 같고."

니나는 부모님의 일은 별로 감이 안 온다는 듯한 눈치였다. 그 걸 본 미오와 아키의 머릿속에는 자식은 부모 마음을 모른다는 말이 자연스레 떠올랐다.

"그래도 9시면 예전에 비하면 빠른 편이야. 코로나 이전엔 매일 더 늦게 들어왔으니까. 12시 넘어서 들어오는 날도 있었고."

아키의 말에 니나는 얼굴을 찌푸렸다.

"뭐야 그게. 그리고 다음 날 아침부터 또 일하러 가잖아. 말도 안 돼."

"유리코만큼은 아니지만, 다들 비슷했어."

"그게 월요일부터 금요일까지 계속되고, 여름휴가도 고작 일주일밖에 안 되는 거잖아…. 저기… 그렇게 살면 즐거워…? 다들 괜찮아…?"

니나는 만두를 싸던 손을 멈추고 진심으로 동정하는 듯한 표정으로 이쪽을 바라봤다. 그 모습이 우스워서 아키와 눈을 마주치며 웃고 말았다.

"응, 즐거워, 즐거워. 괜찮아, 괜찮아."

'진짜?'라는 의심스러운 눈초리를 보이던 니나가 말했다.

"그래도 미오 언니는 확실히 엄마보다는 즐거워 보이네."

9시가 넘어 유리코가 돌아오자 니나는 현관까지 종종걸음으로 달려가 맞이했다. 괜히 심통 난 카노코가 어깨를 끌어안았다.

"그래도 니나는 내 열렬한 팬이니까."

그러나 니나는 자의식 과잉이라며 싫어했다. '자의식 과잉'은 니나가 좋아하는 단어 중 하나였다. 종종 '자과'나 '과잉러' 같은 줄임말로도 사용됐다.

"몇 번이나 말했지만 내 최애는 유리코 언니야!"

"매정하네. 카노코가 니나를 제일 많이 챙기는데."

"카노코는 예전에 《마카롱》에서 제일 좋아했던 작가였을 뿐이라고."

처음에는 '카노코 선생님'이라며 경외심을 갖고 대했지만 지금은 카노코만 이름을 막 부르고 건방진 태도를 보였다.

"예전에? 그게 무슨 소리야? 지금은 아니라고?"

카노코는 노골적으로 당황하며 따졌다.

"내 만화보다 더 좋아하는 만화가 뭐야? 당장 말해!"

서로 으르렁대며 다투는 카노코와 니나를 바라보고 있자니 자연스레 입매가 느슨해졌다.

이렇게 화목한 시간을 보내고 있으면 니나가 등교를 거부한다는 사실을 잊게 된다. 아니, 잊어도 괜찮다. 니나의 본질은 '등교 거부'가 아니니까. 그러나 어쩔 수 없이 자꾸 생각하게 된다. 니나는 왜 학교에 가지 않을까? 내가 학교에 가지 않았던 적이 없어서 이해할 수가 없다. 아니, 경험하면 이해할 수 있다는 생각은 교만이다. 사람마다 각자의 등교 거부가 있는 법이니….

"니나는 지금 열한 살이지? 어려서 정말 좋겠다…."

술기운에 긴장이 풀리자, 미오는 지금까지 어른들에게 수도 없이 들어서 짜증스러웠던 말을 무심코 내뱉고 말았다.

"열한 살이라니… 앞으로 뭐든 될 수 있고 뭐든 할 수 있겠네."

"미오 언니, 대체 무슨 소리야? 뭐든 될 수 있을 리가 없잖아. 현실을 봐."

니나는 신랄하게 말했지만 기분이 나쁘지는 않았는지 웃으며 물었다.

"저기, 나 부러워?"

"왜?"

"어리잖아!"

"딱히 부럽지는 않아. 미안하지만 우리한테도 똑같이 열한 살은 있었으니까."

"어린아이로 돌아가고 싶지 않아?"

니나가 집요하게 물어오자 '그런 생각이 들어?' 하고 아키 쪽을 슬쩍 봤다.

"음, 2주 정도라면 돌아가도 괜찮을 것 같아. 한 달은 싫지만."

"나는 절대로 돌아가고 싶지 않아! 어른으로 사는 게 재미있으니까!"

아키의 말에 유리코가 단언했다.

니나는 시큰둥하게 말했다.

"그렇구나."

이미 배가 부른 듯한 니나가 턱을 괴고 스마트폰을 만지작거리며 물었다.

"언니들은 결혼 같은 건 어떻게 생각해?"

"다들 서른 전후잖아. 적령기잖아? 결혼 같은 건 진지하게 생각 안 해?"

무심하게 스마트폰에 눈을 떨구고 있었지만 적령기라는 단어를 말할 때 은근히 힘이 들어갔다는 사실을 미오는 눈치챘다. 평소에는 귀엽게 느껴졌을 그 자신만만함이 순간 짜증스럽게 다가왔다. 일부러 약점을 찌르려는 의도를 역으로 꼬집어서 응징하고 싶어졌다.

미오가 친척 모임에서 결혼에 관한 농담을 들을 때마다 귀찮다고 생각하면서도 엄격히 응수했던 기억, 카노코가 장기 연재작의 마지막 화를 작업하며 무슨 일이 있어도 모든 커플이 맺어지고 결혼으로 끝나는 결말 따위는 만들지 않겠다며 편집자와 열띤 논쟁을 벌이던 순간 등이 한순간에 떠오르며 묘한 무력감과 허탈함이 덮쳤다. 그 1초에도 미치지 않는, 빛이 명멸하는 듯한 절망과 분노가 술에 취한 미오의 머릿속을 빠르게 휩쓸아쳤다. 자신이 고모로서 대답할 책임이 있다는 생각에 뭔가 말을 꺼내려던 순간이었다. 자연스럽게 대화를 이어 가며 입을 연 사람은 니나 옆에서 아직도 만두를 먹고 있는 카노코였다.

"우리는 말이야 결혼을 정말 진지하게 생각한 끝에 지금 이렇게 된 거야."

"진지하게 생각한 끝에 결혼을 안 하는 게 낫다는 결론을 내렸다는 뜻이야?"

니나는 의아한 표정이었다.

"니나는 학교 가는 걸 그만뒀잖아. 아마 다른 애들보다 학교에 대해 엄청 진지하게 고민한 끝에 그런 결정을 내렸겠지. 그러면 니나는 학교에 안 가는 게 더 낫다고 결론을 내렸다는 뜻이야?"

우리가 등교 거부에 대해 언급한 것은 이번이 처음이었다.

"그건…."

니나는 잠시 말을 더듬었다.

"아직 생각 중이야."

잠깐의 침묵 뒤에 니나가 그렇게 말하자, 카노코가 대답했다.

"그렇구나. 우리도 아직 생각 중이야."

그렇구나, 우리도 아직 생각 중이구나. 미오는 마치 남의 일처럼 생각했다.

"오늘은 아키 언니 방에서 잘래."

익숙하게 불을 들어 올리던 니나에게 내일 엄마가 온다고 전하자, 어정쩡한 자세로 멈춰서서 눈살을 찌푸리며 물었다.

"왜? 아직 일주일 남았잖아?"

"응, 잘 지내나 보러 온대."

"그렇구나. 난 잘 지내는데."

다음 날 점심, 레나 씨는 세련된 선물을 들고 미안한 기색을 보이며 방문했다.

"폐를 끼쳐서 죄송해요…."

"폐라니요. 오히려 저희가 급여를 드려야 할지도 몰라요. 이것저것 도와주고 있거든요."

카노코는 자신이 작업하는 동안 그저 지켜보고만 있는 니나에게 뭔가 일을 시켜야 한다는 압박을 느꼈는지 원고의 채색 누락이나 오탈자 검수 같은 일을 맡겼다.

"아, 왔네."

정작 니나는 일주일 만에 얼굴을 마주한 엄마에게 우리가 걱정될 만큼 퉁명스럽게 대했다. 그러나 레나 씨는 익숙한 듯 전혀 언짢은 기색을 보이지 않았다.

레나 씨는 조심스럽게 거실을 둘러보며 신기해했다.

"정말 평범한 아파트에 친구들끼리 살고 있네요…."

카노코는 룸 셰어를 시작하기 위해 집을 찾느라 얼마나 고생했는지 신이 나서 이야기를 풀어놓기 시작했다. 실제로 실무적인 작업을 도맡아 고생한 사람은 미오였지만 평일에 프리랜서인 카노코가 처리해 준 몇 가지 잡무를 떠올리며 마음을 가라앉혔다.

"우리처럼 여자들끼리 사는 사람들은 그나마 나은 편이에요. 남자들끼리 룸 셰어를 할 수 있는 집은 애완동물을 키울 수 있는 집보다 찾기 어렵다더라고요."

유리코의 말에 레나 씨는 웃어도 되는 건지 살짝 망설이며 어정쩡하게 눈썹을 치켜올렸다.

우리는 아키가 직접 만든 델리 스타일 샐러드, 근처 빵집에서 제일 인기 있는 올리브 빵, 허름한 중식당에서 사 온 돼지고기 조림 등 눈에 띄는 맛있는 것들을 마구잡이로 테이블에 늘어놓고 신나게 먹고 마시기 시작했다.

주변의 여자들은 기이할 정도로 '미식 센서'가 발달해서 그 가게의 키시, 저 가게의 딤섬 등 모임이 있을 때마다 자신이 모르는 맛있는 음식을 가져온다. 유행을 잘 따라가지 못하는 미오는 이런 포트럭 파티에서 종종 아이디어가 바닥나 위축되고는 했다.

한참 먹고 난 뒤 손을 씻으러 화장실에 잠깐 다녀왔다. 식탁에서는 여전히 레나 씨와 유리코, 카노코가 세상 돌아가는 이야기를 나누고 있었다. 소파에서는 아키와 니나가 서로 기대어 스마트폰 화면을 보여 주고 있었다. 그 모습을 보고 미오는 무심코 중얼거렸다.

"여자밖에 없네…."

그 말에 레나 씨도 반응하며 웃었다.

"그러게요, 뭔가 여학교 같아요."

우리가 자란 지역은 사립학교가 적었고 공립 고등학교 중 최고 명문은 남학교와 여학교였다. 그다음이 우리가 졸업한 공학 고등학교였다. 오빠와 레나 씨는 그 남자 고등학교와 여자 고등학교의 졸업생이다. 최근에는 남자 고등학교나 여자 고등학교의 인기가 떨어져서 우리가 졸업한 공학 고등학교가 지역 내 최고 명문이 됐다고 한다.

우리 넷 다 여자들만 있는 반은 좀 그렇다는 생각으로 공학 고등학교를 선택했지만, 졸업 후에도 여전히 여자 넷이 뭉쳐서 함께 살고 있다는 사실이 묘하게 웃겼다.

"인류의 절반은 남자인데. 그래도 인생에 한 번쯤 여학교에 다니는 것도 괜찮았을지도?"

도심에서 그 명문 여학교의 특이한 교복을 입은 학생을 볼 때마다 우린 일부러 선택하지 않았다는 뉘앙스를 담아 떠들곤 했다.

특별히 연애에 관심이 있지는 않았지만, 굳이 여자만 있는 학교를 선택하는 사람의 마음은 정말로 이해할 수 없었다. 그 의문은 대학에 들어가서도 계속됐다.

"여고는 정말 재미있었어요. 교칙이 엄격하고 공부도 힘들었지만, 지금 생각해 보면 굉장히 자유로웠던 것 같아요…."

여고 시절에 학생들이 얼마나 단결했는지, 밸런타인데이는 얼마나 재미있었는지… 공학에 대한 콤플렉스에서 기인한 자조를 섞어 가며 행복한 표정으로 떠드는 레나 씨의 말에 맞장구를 쳤다. 동시에 미오는 머릿속으로 생각했다.

'이 사람은 여학교에 다니면서 내 오빠랑 계속 사귀었잖아.'

니나는 엄마의 추억에 전혀 관심이 없어 보였다. 그저 아키 옆에서 조용히 스마트폰을 만지작거리다가 불쑥 레나 씨가 던진 여학교랑 공학 중에 어느 쪽에 가고 싶으냐는 질문에 대답했다.

"음… 어느 쪽이든 똑같겠지. 남자애들은 있건 없건 말도 안 섞는데 뭐."

니나가 학교 이야기를 던지자, 우리 네 명 사이에 옅은 긴장감이 감돌았다.

"오, 강단 있는데?"

니나는 카노코의 가벼운 농담에는 대답하지 않고 여전히 스마트폰에서 눈을 떼지 않은 채 말을 이어 갔다.

"여자애들도 전혀 말 안 섞는 애들이 많아. 급식도 책상을 떼어 놓고 앞만 보고 아무 말 없이 먹는걸. 다들 마스크를 쓰고 있어서 얼굴도 제대로 모르는 애도 있어. 인터넷에 올리는 셀카는 완전히 다른 사람이고. 운동회도 없고 수학여행도 없어졌고. 이런 식으로 초등학교 다니는 게 무슨 의미가 있어. 수업도 멍청한 애들 수준에 맞추느라 너무 쉽고. 여기서 공부하는 게 훨씬 재미있고 효율적이야."

니나는 아무렇지 않은 척 말했지만, 마치 오래전부터 마음속에 저장해 두었던 문장을 드디어 그 순간이 왔다며 꺼내 놓는 듯한 말투였다. 니나는 적령기나 자의식 과잉처럼 좋아하는 단어를 사용할 때 약간 말이 빨라진다.

"학교를 다니는 데에는 당연히 의미가 있어."

레나 씨가 곧바로 말했다.

"여기서 공부하는 게 훨씬 좋다고 했잖아. 하지만 이 집 사람들도 원래는 고등학교 동창이야. 학창 시절의 친구라는 건 특별하고 어른이 되어서도 그게 영향을 미치는 법이야. 그러니까…."

레나 씨는 그렇게까지 말하고는 말을 이어 가지 못했다. 하지만 니나는 "그러니까…."라는 뒷말을 민감하게 알아차리고 이어서 말했다.

"미안하게 됐네. 등교를 안 해서. 하지만 엄마는 학교 친구가 한 명도 없잖아."

"있어. 있거든. 있었지만, 아이를 키우다 보면 멀어지게 되는 거야. 다들 그래. 어쩔 수 없어."

"네, 네. 친구가 없는 것도 내 탓이구나…."

"어휴, 그런 말 한 적 없잖아. 왜 그렇게 말을 못되게 하는 거니? 정말이지…."

우리 넷은 아무 말도 하지 않았고 그 자리에는 조용한 침묵이 흘렀다.

니나가 나직이 말했다.

"스마트폰이 있고 코로나가 없는 시대에 태어나고 싶었어."

"그러면 코로나 때문에 학교 가기 싫다는 거야?"

"그런 건 아니야."

더는 이야기할 게 없다는 듯이 니나는 이어폰을 끼고 영상을 보기 시작했다.

"미안해. 분위기를 어색하게 만들어서…."

역까지 걸어가는 길에 레나 씨는 미오에게 미안한 듯 말했다.

그때 슬쩍 분위기를 돌려놓으며 소소한 불평과 농담을 나눴지만, 니나와 레나 씨는 끝까지 어색한 기운을 떨치지 못했었다.

"그래도 의외였어요. 지금까지 언니랑 니나가 말다툼하는 걸 본 적이 없으니까요."

"정말로 지금까지 그런 일이 거의 없었어. 내가 엄마라서 느끼는 건지 몰라도 니나가 나이에 비해 좀 뭐랄까…."

"조숙하죠."

"그런 것 같아. 기본적으로 흥분하지도 않고. 미니 농구 코치한테도 패기가 없다고 자주 혼났어. 패기가 없다고 혼나는 게 말이되나? 엄마로서는 이해 안 되더라고."

"저도 인생에서 패기가 있었던 적은 딱히 없는데요."

"나도 없어."

"하지만 있는 애들한테는 패기라는 게 있긴 하더라."

레나 씨는 도로 저쪽을 바라보며 말했다.

"우리처럼 가족이 아닌 사람들이 있어서 더 고집부린 걸지도 몰라요."

"그럴 수도 있지. 그래도 딸한테 '엄마는 친구 없잖아.'라는 말을 들으니까 솔직히 열 받긴 하더라."

레나 씨는 쓴웃음을 지으며 말을 이었다.

"나는 스물네 살에 출산했잖아. 그 사람이랑 오래 사귀었으니까 결혼과 출산에 대해 나 나름대로 만반의 준비를 하고 드디어 하는구나 싶은 기분이었는데, 친구들 사이에서는 꽤 빠른 편이었어. 지금이야 동창들도 애 엄마가 많지만, 그때는 싱글을 즐기는 친구들의 SNS를 엄청나게 차단했어. 아, 그랬었다기보다는 지금도 하고 있어. 엄청 많이 하고 있어!"

레나 씨는 웃으며 말했다.

"물론 니나가 태어나고 나서는 이보다 행복할 순 없다고 생각했지만 말이야."

"그건 그거고, 이건 또 별개죠."

"열심히 일하면서 친구들이랑 같이 살고, 센스 있게 집을 꾸미고… 미오네 집을 보니까 아, 이런 인생도 있었겠구나 싶더라."

레나 씨는 그렇게 말한 뒤 덧붙였다.

"아니, 그래도 없었을 거야. 내 인생에서는…. 내가 절대 선택할 수 없는 선택지의 집합일지도 몰라, 그 집은."

"저도 언니랑 니나를 보면, 이런 인생도 있었겠구나 싶어요."

"있었겠구나…라니. 미오도 아직…."

레나 씨가 말을 다 끝내기도 전에 그 말을 덮어 버리듯 재빨리 말했다.

"저, 건강검진에서 자궁암이 발견되었어요. 얼마 전에 수술을 받았고요."

"수술?"

레나 씨가 눈을 크게 떴다.

"일찍 발견해서 수술이라고 해도 자궁 입구를 레이저로 조금 잘라 낸 정도예요. 그런데 덤으로 난소에도 이상이 발견됐거든요. 지금 저는 배란이 전혀 안 되는 상태예요. 다낭성난소증후군이라고 꽤 흔한 배란 장애 중 하나래요. 물론 생명에는 전혀 지장 없고, 임신이나 출산도 하려고만 하면 가능하다고는 하더라고요. 그냥 일반 사람들보다는 조금 어려운 정도예요."

미오는 레나 씨가 끼어들 틈도 없이 다다다 쉬지 않고 말을 쏟아 냈다. '~같아', '~라고 하더라.' 따위의 표현을 계속 사용했더니 마치 남의 일을 이야기하는 것 같다는 생각이 들었다. 실제로 자기 하복부에서 일어나는 이 이변이 도저히 실감 나지 않기도 했고. 동시에 자신의 빠른 말투가 니나를 닮았다는 사실에 의도치 않게 피가 이어졌다는 사실을 실감했다. 지금쯤 집에서 편히 쉬고 있을 니나가 사랑스럽게 느껴졌다.

"그랬구나."

118

정말 힘들었겠다. 그래도 일찍 발견돼서 다행이다. 검진이 중요하구나.

그런 무난한 대화를 몇 마디 나눈 뒤 우리는 입을 다물었다.

침묵이 생기자 머릿속에서는 시끄럽게 생각들이 뒤엉켰다.

'동거인들에게도 아직 말하지 않은 난소 문제를 왜 지금 여기서 털어놓아 버렸을까.'

미오는 자신이 한심하게 느껴졌다. 결국 자신의 질환을 밝혀서 레이나 씨를 견제해 버렸다. 밀어내고 말았다.

나이 차이가 너무 적지도 많지도 않은 우리는 매번 얼굴을 마주할 때마다 상대를 깎아내리지 않으려고 아주 조심했다. 행복을 자랑하거나 불행을 과시하지도 않았다.

남은 남이고 나는 나다. 쓸데없는 말을 하지 않으려 애쓰다 못해 늘 말이 부족했던 사이였지만 미오가 불행을 과시한 탓에 결국 둘 다 아무 말도 할 수 없었다.

헤어지기 전에 약간은 격식 차린 말투로 레나 씨가 니나를 일주일 더 잘 부탁한다고 말했다. 미오도 걱정하지 말라며 비즈니스 스마일로 답했다.

레나 씨가 개찰구로 나가는 모습을 배웅하고 돌아오는 내내 미오는 니나와 자신의 병도 아닌 카노코에 대해서만 생각했다.

룸 셰어를 시작하게 된 가장 큰 계기는 카노코가 고등학교 1학년 때부터 사귀던 유타와 헤어진 일이었다. 공통된 친구도 많았고, 모두가 이 둘은 언젠가 결혼한다고 생각했다.

'저게 카노코가 걷고 싶었던 길이 아니었을까?'

레나 씨를 보면 어쩔 수 없이 그런 생각이 들었다.

하지만 그 생각은 카노코를 진심으로 배려하는 것이라기보다 오히려 자신의 불안을 외면하기 위한 도피일지도 모른다.

2주의 체류 기간이 끝을 향할수록 니나는 눈에 띄게 언짢은 기색을 보였다. 카노코를 제외한 세 사람에게도 틈만 나면 바보나 자의식 과잉 같은 못된 말을 빠르게 내뱉었다. 말하자마자 후회하는지 사과는 한마디도 없이 제 몸을 우리에게 꼭 붙였다. 그리고 몸이 바짝 닿을 때마다 미오는 그 촉촉하고 뜨거운 체온에 어찌할 바를 몰랐다.

그러나 돌아가기 전날이 되자 그토록 날카로웠던 니나는 마치 다른 사람처럼 평소보다 훨씬 밝고 들뜬 모습이었다. 니나답지 않은 행동에 우리는 안심하기보다는 오히려 애틋해졌다.

니나의 요청으로 마지막 저녁은 또 만두를 만들었다. 쓸쓸해지겠다고 아키가 말하자 니나는 또 놀러 올 테니 아쉬워하지 말라고 했다.

"적당히 힘내라."

카노코가 말하자 니나는 여유로운 미소를 지으며 말했다.

"뭐, 학교는 적당히 다녀 보려고. 바보 같긴 하지만…."

미오는 대단하다고 하려다 망설인 후 말했다.

"…좋네."

"저기, 나 말이야, 엄마한테 언니들 덕분에 학교 갈 마음이 생겼다고 말할 거야. 그러면 엄마도 좋게 받아들이고, 또 여기 놀러 올 수 있잖아. 언니들처럼 소중한 친구를 많이 만들고 싶어서 학교 간다고 말할 거야."

니나의 말은 여전히 빨라서 알아듣기가 어려웠다. 한 박자 쉬고 나서야 이해한 유리코가 웃으며 영리하다고 말했다. 니나는 고개를 갸웃하며 중얼거린 후 곧바로 스마트폰으로 검색했다.

"영리하다, 영리하다…."

뜻을 소리 내어 읽고는 몇 번이고 반복했다. '자의식 과잉'과 '적령기'에 이어 '영리하다'도 니나가 좋아하는 단어 목록에 추가된 듯했다.

"언제까지 이런 식으로 있을 수는 없잖아. 나도 사실은 알아. 이제 놀 시간은 끝났어."

니나의 말에 우리는 누구도 대답하지 않았다. 대신 배가 터질 때까지 만두를 먹고 술을 잔뜩 마셨다. 그런 우리를 보며 니나는 어이없다는 표정을 지었지만 드물게 크게 웃고 굉장히 즐거워하며 콜라를 마셨다.

밤이 깊어지자 우리는 니나에게 슬슬 자라고 권했다. 그 순간까지 밝던 니나는 갑자기 감정이 북받친 듯 입술을 꽉 문 채 흐느끼며 울기 시작했다. 시원하다 못해 감탄할 만큼 멋진 대성통곡이었다. 그 모습을 보고 카노코와 아키도 울음을 터뜨렸다. 결국 유리코까지 눈물을 글썽이기 시작했다.

제발 참아 줘라.

조카를 2주 동안 맡아서 돌보는 것과 직접 아이를 낳아 키우는 것은 완전히 다르다는 사실을 머리로는 알고 있었다. 하지만 조카를 사랑스럽게 느낄수록 몸에 있는 문제가 한없이 중대하게 느껴졌다.

레나 씨는 이 집을 두고 '내가 절대 선택할 수 없는 선택지들의 집합'이라고 말했다. 미오도 니나를 보고 있으면 지금 자기 인생에서 사라지고 있는 선택지를 눈앞에 들이미는 듯한 기분이 들어 괴로웠다.

카노코는 소파에 기대 니나를 품에 안고 울면서 니나의 마른 등을 부드럽게 쓰다듬고 있었다. 니나는 마치 아기처럼 가만히 안겨 있었다.

카노코는 니나를 어떻게 생각할까? 만약 그때 유타와 계속 사귀었더라면, 지금쯤 아이가 생겼을 수도 있다는 생각을 단 한 번도 해 본 적이 없을까? 아니, 그런 생각을 하지 않았을 리 없다. 두 사람은 사귈 때부터 너무나 자연스럽게 아이 이야기를 하던 사이였으니까.

카노코가 역시 이런 삶은 잠깐의 방황이었다며 원래 삶으로 돌아가는 상상을 하니 도저히 참을 수 없었다. 아키와 유리코는? 대체 무슨 생각을 하고 있을까? 니나를 자신의 인생과 완전히 분리된 존재로 생각하고 있을까?

니나가 크게 코를 푸는 소리에 미오는 정신을 차렸다.

언제부턴가 세게 쥐고 있던 주먹을 펴 보니 손바닥에 선명한 손톱자국이 남아 있었다. 제정신이 아니었다. 천천히 숨을 쉬었다.

병이 발견된 후, 이 생활에 대한 집착이 이상할 만큼 강해진 것 같았다. 마음 한구석에서는 동거인들도 아이를 갖기 어려울지도 모르는 자신과 같은 삶을 살기를 바라는 마음이 생기고 있었다. 비로소 나는 역시 상처받았을지도 모른다는 생각이 들었다.

니나의 울음소리는 절정이 지나 점점 잦아들고 있었다. 울다 지친 뒤에 푹 자는 기분이 얼마나 좋은지, 미오도 아주 오래전에 경험했지만 지금은 완전히 잊어버렸다. 곧 니나에게 찾아올 깊은 잠을 떠올리며 미오는 처음으로 그 젊음이 부러워졌다.

놀이 시간은 끝났다고 선언한 니나는 집으로 돌아갔다. 하지만 우리의 시간은 계속됐다.

아파트 우편함에 구의회 의원 선거 투표권이 도착했다. 우리 집에는 세대주가 네 명이나 있으니 당연한 일이지만 똑같은 투표권이 담긴 봉투가 네 통이나 꽂혀 있는 모습이 왠지 우스웠다.

미오는 지금까지 선거에 참여한 적이 한 번도 없다. 하지만 가족 같은 이벤트를 좋아하는 카노코가 꼭 넷이 같이 투표하러 간 다음 외식을 하자고 우겼다. 그 바람에 당일은 어떻게든 시간을 맞춰 근처 투표소로 함께 가서 조용히 투표를 마치고 자연스럽게 가장 가까운 로얄호스트(일본의 패밀리 레스토랑)로 향했다.

찌는 듯한 태양이 내리쬐는 습하고 더운 8월의 일요일이었다.

고기를 먹고 싶다. 그런 생각에 주저 없이 스테이크 페이지를 펼치자 유리코가 웃었다.

"요즘 잘나가나 봐?"

미오는 투표에 특별히 의미를 부여하지 않는 편이지만, 이왕 표를 던진다면 사표死票로 만들고 싶지는 않아 인터넷으로 정보를 수집하며 선거를 준비했다. 미오는 무엇을 하든 먼저 후기를 확인하고 철저히 비교 검토하지 않으면 성에 차지 않는 성격이다. 그런 깐깐한 성격은 병원을 고를 때도 마찬가지여서 그 비교와 검토의 번거로움이 선거나 병원에 쉽게 발걸음하지 않게 하는 이유 중 하나였다.

에어컨이 시원한 로얄호스트 매장 안에서 한숨을 돌렸지만 여전히 누구도 이번 선거에 대해 언급하지 않았다. 결국 미오가 급히 공부한 선거 관련 지식을 뽐낼 기회는 오지 않았다. 우리에게 정치는 섹스 이야기보다 훨씬 부끄러운 주제였다.

"최근에 우리 회사 사장이 바뀌었다고 했잖아."

물을 한 모금 마시고 유리코가 입을 열었다.

"아, 하버드 출신이라는 그 유능한 사람?"

유리코의 회사는 사장이 바뀌며 교육 제도와 인센티브 시스템 등 근무 규칙과 노동 환경이 전면적으로 개편되고 있다고 했다.

"새로 도입될 복지 혜택 중에 난자 냉동 지원도 포함될 거 같더라고."

"…그렇구나."

"보조 대상은 직원 본인뿐만 아니라 직원의 파트너도 포함된대. 파트너 범위도 법적 배우자는 물론이고 사실혼이나 동성 파트너까지 인정될 것 같아."

복지 혜택을 '베네피트'라고 부르는 회사는 역시 다르구나 싶어 다른 세상의 이야기처럼 듣고 있던 미오가 갑자기 실감 났다는 듯이 물었다.

"…그러면 우리도 대상이 될 수 있나?"

"글쎄, 내 파트너로 회사가 인정하면 대상이 되겠지."

"지금 나는 관심이 없지만 보조가 나온다고 하면 좀 생각해 보고 싶어."

유리코가 그렇게 말하고 물을 한 모금 마신 후 중얼거렸다.

"오늘 진짜 덥다. 맥주 마시고 싶네."

하나같이 좋다고 적당히 맞장구를 쳤지만, 누구도 실제로 알코올을 주문하지는 않았다.

계속되는 외출 자제로 인해 최근에는 동거인 외의 사람들과 잡담할 기회가 크게 줄었다. 그래도 대략 3~7살 위 여성들 사이에서 난자 냉동이나 불임 치료가 주요 화제가 된다는 사실은 어렴풋이 알고 있었다.

의학적으로 35세 이상의 초산은 고령 출산으로 정의된다.

잠시 후 점원이 음식을 하나씩 가져오기 시작했다.

아키 앞에 놓인 오므라이스의 윤기 나는 노란빛에 시선이 사로잡혔다.

'한 그릇에 달걀을 몇 개나 썼을까?'

사람의 자궁은 보통 달걀 크기이고, 난소는 메추리알 크기라고 한다.

미오가 주문한 앵거스 등심 스테이크도 나왔다. 접시에서 넘칠 듯한 육즙 넘치는 웅장한 스테이크의 모습에 동거인들이 소리 내어 감탄했다.

격자무늬로 구운 스테이크에 포크를 쿡 찔러 넣고 칼로 썰자, 육즙이 흘러나오며 곁들여진 감자를 적셨다.

미오가 앓고 있는 다낭성 난소 증후군(PCOS)은 배란이 잘되지 않는 대신 난소에 난자가 많이 남아 있다고 했다. 덕분에 난자 냉동을 위한 채취에서 비교적 많은 난자를 얻을 수 있다는 내용을 인터넷에서 봤다. 그 자리에서 'pcos 난자 냉동'을 검색해서 기억한 내용을 다시 확인하려고 몇 개의 기사를 대충 훑었다.

미오는 자기 몸에서 채취된 난자를 냉동고에 보관하는 모습을 상상했다. 실제로 어떤 기기에 어떻게 보관되는지 구체적인 부분은 전혀 모른다. 안개 낀 어둑한 실험실 같은 곳에서 엄격히 청결하게 관리되는 은빛의 거대한 냉동고를 어렴풋이 떠올렸다.

실제와는 전혀 다를지도 모르는 이 상상의 냉동고가 이상할 정도로 든든하게 느껴졌다. 또 그 냉동고의 사용 우대권을 가진 친구의 존재도 그러했다.

미오는 평소에 전통을 중시하는 일본 기업다운 자기 회사와 분위기가 전혀 다른 유리코의 회사 이야기를 약간 냉소적으로 듣고는 했다.

유리코가 주문한 샐러드와 양파 그라탱 수프가 포함된 브런치 세트가 나왔다.

"나, 난자 냉동에 꽤 관심이 생기고 있어."

미오가 말하자 유리코는 마늘 토스트를 찢으며 대답했다.

"자세한 조건을 알아보고 너한테 전송할게."

미오는 지금껏 상상해 본 적 없는 새로운 선택지에 갑작스레 고양된 기분을 느꼈다. 아기는 엄마와 아빠가 나눈 사랑의 결정체라고 말하는 오컬트적 사고관이나 운과 인연에 의존해야 하는 가치관보다 체외수정이나 난자 냉동 같은 체계적인 방법이 훨씬 자신의 성향에 맞는 것 같았다.

다닐 만한 병원 정보를 모아 검토해야겠다. 광고에서 자주 보이는 그 산부인과의 평가는 실제로 어떨까?

그때 아키가 미오의 마음을 읽기라도 한 듯 말했다.

"나, 진료 과목별로 좋은 병원 리스트 만들어 뒀으니까 공유해 줄게."

"아마 팔로워 중 한 명이 비교 기사를 올린 적 있을 거야."

셋이 난자 냉동의 위험성과 절차에 대해 논의하는 동안 카노코 는 우리 대화에 끼지 않고 묵묵히 팬케이크를 먹었다.

'너도 뭐라고 말 좀 해 봐.'

미오는 갑자기 짜증이 났다.

'가족이 되자고 처음 말 꺼낸 건 너였잖아. 애가 우리 중 가장 자 유로워 보이지만 실제로는 제일 보수적이란 말이야.'

옆에 앉은 카노코를 흘겨보던 미오는, 카노코가 그날 입었던 것 과 똑같은 핑크색 레오파드 무늬 탱크탑을 입었다는 사실을 깨닫 고 그냥 왠지 다 괜찮아졌다.

왜냐하면 우리는 아직 생각 중이니까.

"카노코는 내 장례식에 살생을 연상시키는 옷을 입고 와도 돼, 사양할 필요 없어."

"무슨 소리야?"

미오의 말에 카노코가 의아한 표정으로 되물었다. 그 찡그린 얼 굴이 바보 같아서 웃음이 나왔다.

4

흔한 이야기는
하지 말자

지금까지의 인생에서 카노코는 수많은 밤을 책상 앞에서 보냈다. 어떤 때는 그저 머리를 감싸 쥐고 있었고 또 어떤 때는 무아지경으로 손을 움직였다. 그 책상은 초등학교 입학 선물로 받은 본가의 공부 책상일 때도 있었고 좁은 원룸 창가에 놓인 니토리(일본의 저가 가구 브랜드)의 접이식 책상일 때도 있었다.

　그리고 지금의 스물여덟 살 카노코는 여자 친구 네 명과 함께 사는 아파트의 한 방에서 L자형 책상에 놓인 액정 태블릿 앞에 앉아 다음 호에 들어갈 예고 컷을 그리고 있었다.

　직업 특성상 재택근무가 많은 카노코에게는 넓은 방이 배정됐다. 그만큼 월세도 많이 낸다.

　머리카락 부분의 펜 터치를 끝내고 확대와 축소를 반복하며 자신이 막 생명을 불어넣은 선에 감탄하다가 쭉 허리를 뒤로 젖혔다. 액정 태블릿을 책상과 거의 평행에 가까운 각도로 설정한 탓에 아무래도 자세가 나빠질 수밖에 없었다.

시간을 확인하니 오전 2시를 막 넘긴 시각이었다.

한밤중에 문득 손을 멈추면 자신이 지금 어디에 있는지 알 수 없게 된다. 비슷한 밤을 보내고 있는 수많은 시간 축과 세계선의 자신이 문득 뒤바뀌어도 알아채지 못한 채 그대로 작업을 계속할 것만 같았다.

집중력이 끊겨 방 한구석에 자리 잡은 상자에 손을 넣어 이미 읽었던 팬레터 세 통을 무작위로 골라 펼쳤다. 그곳에는 아이들의 거대한 감정이 아낌없이 담겨 있었고 용량과 복용법을 지켜서 읽으면 적당히 버프가 걸린다. 하지만 자칫 너무 많이 읽으면 오히려 잡아먹히고 만다.

그러고 보니 좋아하는 작가의 신간이 슬슬 나올 때가 됐다. 인터넷 서핑을 방지하려고 봉인했던 스마트폰의 전원을 켜고 아마존Amazon에서 빠르게 예약 주문을 마쳤다. 그 김에 SNS도 열어 가볍게 자신의 이름을 검색하고 DM도 대충 확인했다. 직접 쓴 팬레터뿐만 아니라 SNS를 통해 오는 메시지도 매일 엄청나게 도착하지만 우편물과 달리 이쪽은 편집자가 확인하지 않는다. 그 때문에 스팸이나 비방, 정체불명의 업자가 보낸 메시지 등이 꽤 높은 비율로 섞여 있어서 호의적인 내용을 사전에 알 수 있는 경우가 아니면 읽지 않는다.

미확인 메시지 목록을 대충 훑어봤지만 읽어야 할 메시지는 없는 듯했다. 안도하면서도 어딘가 아쉬운 기분으로 다시 스마트폰의 전원을 껐다.

그 익명의 메시지를 받은 것은 벌써 2년 전의 일이다. 카노코의 마음은 여전히 그 밤으로 쉽게 되돌아가곤 한다. 대학을 졸업하자마자 신입으로 입사한 중견 전자부품 제조사의 총무 일을 그만두고 전업 만화가가 되기로 결심했을 무렵이었다.

얼마 남지 않은 마지막 출근 일을 앞두고 몸과 마음이 혹사당했던 투잡에서 벗어날 날이 눈앞에 다가왔다는 생각에 사력을 다해서 만화를 그리고 있던 밤이었다. 무심코 열어 본 SNS에서 임시 계정처럼 보이는 아이디로 보낸 한 통의 메시지를 발견했다.

[당신의 남자 친구는 바람피우고 있어요. 7일 밤에 마치다 리사와 호텔에 갔어요. 더 이상 좋아하지 않는다면 헤어져 주는 게 좋지 않을까요?]

이미 삭제한 메시지임에도 여전히 단어 하나 틀리지 않고 그 내용을 기억해 낼 수 있었다.

내용을 확인하자마자 악질적인 장난이라고 생각했다. 유타가 바람을 피울 타입이 아니라는 사실은 10년간 사귀어 온 자신이 제일 잘 알고 있었기 때문이다. 게다가 '마치다 리사'는 실제로 지인의 이름이었기에 자신과 유타를 알고 있는 누군가의 짓이 분명했다. 누가 이런 거짓말을 보냈는지 기분 나쁘게 느껴졌다.

그랬기에 다음 날 이 메시지를 알게 된 유타가 한 치의 망설임도 없이 무릎을 꿇고 사과했을 때 머릿속이 새하얗게 변했다.

유타의 말을 전적으로 믿는다면 이번 첫 바람이고 다시는 이러지 않을 작정이라고 했다.

고등학교 1학년 때부터 사귀기 시작한 카노코와 유타는 서로에게 첫 연인이었다. 그래서 손을 잡는 것이나 키스와 섹스도 모든 '처음'을 함께 경험했다. 시골은 아니지만 그렇다고 도심도 아닌 간토 북쪽 지역의 한 마을에서 자란 두 사람은 대학 진학을 계기로 함께 도쿄로 나와 첫 자취의 설렘도 같은 시기에 공유했다. 앞으로도 결혼, 출산 등 인생의 여러 이벤트를 함께 경험하게 될 줄 알았다. 그런데 설마 이 시점에서 유타의 바람이라는 불쾌한 처음을 혼자서 경험하게 될 줄은 꿈에도 몰랐다.

무릎을 꿇고 작게 떠는 유타의 뒤통수를 내려다보며 타오르는 분노와 짜증을 느꼈다. 동시에 솜털이 보이는 귀 뒤쪽도 그렇고, 무릎 위로 꽉 쥔 두 주먹마저 이 상황에서도 사랑스럽게 느껴져서 스스로가 싫어졌다. 이 분노와 애정이 사라지기까지 얼마나 걸릴지 생각하니 아득해졌다.

"집에 갈게."

"제발 가지 마…."

짐을 움켜쥔 카노코의 손을 잡은 유타가 매달렸다. 만지지 말라는 말과 함께 그 손을 필요 이상으로 거칠게 뿌리쳤다. 그렇게 해서 자신의 분노를 더 끌어올리려 했다.

"꼴도 보기 싫어."

"제발, 용서해 줘. 미안해. 나, 미워하지 마. 헤어지자고 하지 말아 줘. 부탁이야."

눈물 섞인 얼굴로 매달리는 유타의 한심한 표정이 카노코의 분노를 더 자극했다.

"그렇게까지 리사랑 하고 싶었어? 그럼 그냥 그 애랑 사귀면 되잖아!"

뱉어 내듯이 말하자 유타는 그게 아니라며 기어들어가는 목소리로 대답했다.

"딱 한 번, 다른 여자랑 해 보고 싶었어…."

열기가 차갑게 식는 것을 느꼈다.

고등학교 시절 원숭이처럼 하루가 멀다고 했던 때에 비하면, 둘의 섹스 횟수는 현저히 줄어들어 두 달에 한 번 하면 다행인 수준이었다.

그 문제에 대한 언급을 카노코는 계속 회피했다. 유타에게도, 그리고 가장 친한 친구들에게도 '사실 우리 섹스리스야.' 따위의 말은 아무리 마음이 편한 상황에서도 꺼내지 않았다.

'나랑은 안 하면서!'

뱃속 깊은 곳에서 치밀어 올라 목구멍에서 독처럼 부풀어 오르며 똬리를 틀고 꿈틀거렸다. 그 말을 뱉어 내면 잠시나마 속이 시원했을지도 모른다. 하지만 결국 카노코는 그 말을 삼켜서 다시 뱃속에 밀어 넣었다.

꺼내지 않은 말은 뱃속에서 독이 되어 카노코를 갉아먹었다.

왜 나와 너 사이에는 섹스가 없을까. 그런데 왜 하필 그 애랑은 잤을까.

섹스는 없었지만 유타의 성욕 자체는 줄어들지 않았다고 짐작은 했다. 유타의 방에서 자위의 흔적 같은 것을 발견하기도 했기 때문이다.

'예상 범위 안의 쾌락만 느끼는 나와의 섹스는 유타에게는 벌써 오락거리 이하로 전락해 버린 것일까.'

카노코가 뱃속에 끔찍한 독을 쌓고 있다는 사실을 알 리가 없는 유타는 카노코의 손을 잡아 양손으로 감싸고 눈을 맞췄다.

"카노코는 이제 곧 회사 그만두잖아. 딱 한 번, 딱 한 번만 다른 여자랑 하고 후회 없이 결혼하고 싶었어. 카노코, 우리 결혼하자."

이런 식의 프러포즈라니 말도 안 된다는 생각에 순간적으로 머리가 폭발할 것 같았다. 반면 몸속을 휘감는 분노 속에서도 프러포즈를 받았다는 기쁨이 아주 미세하게, 그리고 무시할 수 없는 비율로 섞여 있다는 사실이 억울했다. 이 남자는 자기 나름의 방법으로, 앞으로 생활이 불안정해질 카노코를 지탱할 생각이었다.

두 손을 감싸 쥔 유타의 손은 축축하고 뜨거워서 카노코의 체온을 서서히 빼앗아 갔다.

"그러면 나도 네 친구랑 한 번 자도 돼?"

그렇게 물어보자 유타는 얼굴을 일그러뜨리며 손을 더 힘껏 꽉 쥐었다.

"이기적이라는 건 알지만, 그건 절대로 안 돼… 카노코는 내가 아닌 다른 사람이랑 자지 않았으면 좋겠어…."

드디어 훌쩍이며 울기 시작한 유타가 슬퍼하면 슬퍼할수록 카노코는 가슴이 애틋해져서 고통스러웠다. 울고 싶은 건 자신이라고 생각했더니 정말로 눈물이 나왔다.

훌쩍이며 소매로 눈물을 닦는 유타를 눈앞에 둔 카노코는 처음 만났던 시절의 거의 첫 기억을 떠올렸다. 여자 친구들과 멀리서 바라보았던 남자아이들 무리 한가운데에서 웃고 있던 열다섯 살 유타의 모습을.

이렇게 가까이에서 손을 맞잡고 있는데도 교실 구석에서 유타를 바라보던 그 시절보다 지금의 거리가 훨씬 더 멀었다.

유타의 바람 상대인 마치다 리사는 대학 진학 후 소원해졌지만 고등학교 시절에는 친하게 지냈던 친구 중 한 명이다. 어릴 적 아버지의 일 때문에 브라질에서 살았던 리사는 확실히 외국에서 자란 사람 특유의 털털한 면이 있었고 연애에도 적극적이었다. 유타와 갓 사귀었을 때나 첫 섹스 전후에는 리사에게 자주 상담도 했다. 리사도 유타와 같은 야구부 출신 남자 친구와 사귀던 시기가 있어서 가끔 그룹 데이트 비슷한 것을 하기도 했다.

유타와 리사가 같은 대학의 같은 학과에 진학한다는 사실을 알았을 때 카노코는 별다른 감정을 느끼지 않았다. 유타는 리사에 대해 너무 적극적이라 조금 부담스럽다고 말했고, 그룹 데이트 중에도 항상 리사에 대해 한 걸음 물러선 태도를 보였기 때문이다.

이상하게도 리사에 대한 분노는 없었다. 그 애라면 뭐, 내 남자친구랑 잘 수도 있겠다는 생각이 들었다. 카노코에게 없는 그 상식을 벗어난 면과 자기주장이 강한 모습이 신선하게 느껴졌다. 리사가 불러들이는 예측 불가능한 문제에 휘말리며 함께 노는 것이 즐거웠다. 하지만 이제는 리사와 다시 얼굴을 마주할 일은 없을 것이다.

바람이 발각된 후 며칠 동안 카노코는 먹지도 못하고 잠도 제대로 잘 수 없었다. 직장에서 자료를 만들 때도, 퇴근길 전철 안에서 웹툰을 읽을 때도, 문득 유타가 저지른 부정을 곱씹었다. 어느 호텔에서 했을까? 어떤 순서로 진행됐을까? 호텔비는 누가 냈을까? 유흥업소를 이용할 수는 없었을까?

그 생각을 떨쳐 낼 수 있는 유일한 시간은 만화를 그릴 때뿐이었다. 하지만 한번 손을 멈추면 다시 악몽 같은 현실이 머릿속을 파고들어 제정신을 찾기까지 오랜 시간이 걸렸다. 그래서 카노코는 계속 그릴 수밖에 없었다. 어차피 잠들지 못하니 아예 멈추지 않고 작업을 이어 갔다. 지친 머리로 완성한 원고를 다시 검토해 보니 자신의 심경을 반영한 듯한 거친 선과 불안정한 느낌이 너무 눈에 띄어 결국 거의 모든 페이지를 폐기 처분했다. 만화를 그리면서 처음으로 울었다.

창밖에서는 신문 배달 오토바이의 엔진 소리가 울렸다. 조금이라도 자야 한다는 생각에 침대에 누웠지만 잠이 올 기미는 전혀 없었다.

'이렇게 내 일상은 계속해서 방해받게 될까? 내가 상처받고 고민한다는 사실을 유타는 조금도 생각하지 못했을까? 들키지 않을 줄 알았을까? 죽을 때까지 숨길 작정이었을까?'

지난 10년 동안 카노코가 모든 순간 전력을 다해 유타를 사랑하지는 않았다. 이제는 더는 못 참겠다고 느낀 적도 몇 번이나 있었다. 고등학교에 갓 입학했을 무렵부터 서로에 대해 잘 알지도 못한 채 사귀기 시작한 유타와 카노코는 본질적으로 완벽하게 잘 맞는 운명적인 두 사람이 아니었다. 그저 연애의 타이밍이나 자신과 주변의 분위기가 우연히 맞아떨어져 사귀게 된 두 개의 개체에 불과했다. 사귀는 과정에서 서로가 다른 인간이라는 생각은 점점 더 커졌다. 그럼에도 쌓아 온 정과 편안함은 분명 존재했고 맞지 않는 것에도 익숙해졌다. 카노코에게 가장 안락한 존재는 유타였지만 유타가 좋아하는 야구나 러닝, 드라이브도 전혀 좋아지지 않았다. 텔레비전을 보는 방식과 듣는 음악도 달랐다.

카노코와 유타에게 섹스는 그런 정신적인 거리감을 느끼게 하지 않는 거의 유일한 방법이었다. 그래서 그것에만 푹 빠져 지낸 시기도 있었다. 그런데 그 유일한 수단인 섹스를 빼앗긴 우리는 대체 어떻게 해야 했을까.

대학에 입학해 서로 자취를 시작한 초기에는 그나마 자주 섹스를 했다. 부모님이 보내 주시는 돈으로 만들어진 소꿉놀이 같은 자유가 즐거웠다. 밤낮의 구분 없이 잠기지 않는 수도꼭지에서 흐르는 물처럼 질질 끄는 섹스를 했다. 잠자리에 들기 전에 하는 복근 운동처럼 건강하고 일상적인 섹스도 했다. 하지만 점차 적어도 카노코가 보기에는 별다른 계기도 없이 일주일, 한 달, 두 달로 간격이 벌어졌다. 딱 한 번 요즘 우리 전혀 안 하는 것 같다고 가볍게 말을 꺼낸 적이 있었다. 그러자 유타는 웃으며 말했다.

"우리 이제 거의 남매나 마찬가지잖아."

흔한 이야기다. 오랜 연애 끝에 가족처럼 관계가 변하는 것도 섹스가 줄어드는 것도 자연스러운 일이라고 생각했다. 정말 문제라고 생각했다면 제대로 대화한다는 방법이 있었다. 하지만 그 문제를 화제로 올리고 그로 인해 둘 사이의 큰 문제가 되어 섹스가 의무처럼 되어 버릴까 봐 두려웠다.

애를 태우는 편이 좋을까, 아니면 먼저 요구하는 편이 좋을까?

여러 가지로 고민했지만 결국 모든 선택지가 실패로 돌아가면서 어설픈 시도를 할 때마다 자신이 소모되는 기분만 들었다. 숨을 쉬려 하면 할수록 더 무겁게 가라앉았다. 애를 태우면 유타가 초조해할 줄 알았지만 전혀 그런 기색은 없었다.

오히려 그만큼 스킨십이 줄어들어서 결국 초조해지는 사람은 나였다. 내가 먼저 요구해서 섹스로 이어질 때는 성과에 만족하여 식은 죽 먹기라며 행복하게 잠들곤 했다. 하지만 이후 다시 관계가 없는 수많은 밤을 보내며 내가 먼저 시작하지 않는 한 섹스는 발생하지 않는다는 사실을 깨달았다. 그러곤 시간차로 쓰러지고 말았다. 이후 계속해서 먼저 요구하다 한 번이라도 거절당하면 정말로 다시는 극복할 수 없을 것 같다는 막연한 공포가 생겼다.

두 번 연속으로 먼저 성관계를 요구하는 일이 어쩔 수 없이 굴욕적으로 느껴졌다. 제멋대로라는 것은 알고 있다. 그럼에도 언제나 유타가 먼저 원해 주기를 바랐다.

만나기만 하면 섹스를 하던 때와는 이미 한참 멀어졌다. 그러나 유타를 만날 때 생리 중이면 반사적으로 손해를 본 기분이 들었다. 결국 섹스할 기색조차 느끼지 못한 채 다시 혼자가 됐을 때, 괜히 손해를 본 기분 때문에 또다시 손해를 본 것 같았다. 나아가 섹스로 손익으로 따지는 자신이 속물적으로 느껴져서 끝없이 우울해졌다.

섹스가 없다는 사실이 대수롭지 않게 느껴지는 날과 도저히 참을 수 없는 날이 예측 불가능한 감정의 주기로 찾아와 자신을 휘둘렀다. 섹스도 안 하면서 남자 친구인 척하지 말라며 때리고 싶은 날도 있었다. 그래도 그들은 사이좋게 즐겁게 지내고 있다며 낙관적으로 생각하는 날도 있었다. 변덕스러운 감정에 휘둘리는 일이 지쳤다. 섹스는 두 사람이 함께하는 행위인데 겁내느라 문제 제기를 못 한 탓에 혼자서 소모된 기분이었다.

섹스리스라는 개념도, 그리고 전 세계적으로 많은 사람이 그 문제로 고민하고 있다는 사실도 안다. 섹스리스인 남자 친구가 바람을 피운다는 것은 흔한 이야기다. 하지만 우리는 아직 스물다섯 살이었다.

잠들기를 반쯤 포기한 채 스마트폰을 켜고 '20대 섹스리스'라는 키워드를 검색했다. '20대 부부입니다만 섹스리스입니다.', '00대 여성의 40%가 섹스리스로 고민한다?!' 등의 제목이 줄줄이 표시됐다. 자신의 슬픔은 어디까지나 기존의 슬픔에 불과하며 흔한 일의 범위를 벗어나지 못한다는 사실에 조용히 절망했다. 클릭할 마음조차 들지 않았지만, '20대 남성, 서로 첫 연애 중인데 섹스리스로 고민 중입니다. 이대로 결혼해도 될까요?'라는 익명의 질문이 눈에 띄어 내용을 확인했다. 질문자의 성별을 제외하면 거의 그녀와 같은 상황이었고 '아직 젊은데 안타깝네. 부부도 아닌데(크크) 헤어지는 게 낫지 않을까?'라는 마치 비수를 꽂는 듯한 댓글이 맨위에 표시됐다.

'부부도 아닌데(크크).' 부부였다면 차라리 나았을지도 모른다. 그들은 부부조차 아니고, 이젠 차라리 남매나 다름없었다. 부부에게는 섹스의 가능성이 있지만 남매에게는 그런 가능성조차 없다.

'그렇다면 누구의 손길도 닿지 않은 채 썩어 가는 나의 이 아름다운 몸은 대체 어떻게 하면 좋을까.'

브라우저를 닫고 홈 화면으로 돌아가자 라인LINE의 미확인 메시지를 나타내는 알림이 처음 보는 숫자를 표시하고 있었다. 유타가 보내는 메시지를 보지 않으려고 알림을 꺼 둔 탓에 친구들의 연락도 놓치고 말았다.

미확인 메시지가 쌓여 있던 미오, 아키, 유리코와의 4인 단체 대화방을 열었다. 카노코의 퇴사 축하 모임 일정을 논의하던 중이었지만 답장을 하지 않아 대화가 멈춰 있었다.

원하는 일정을 입력한 뒤 이어서 '그런데 유타가 바람피웠어(크크)'라는 메시지를 작성했다. 전송 버튼을 누르려다 망설였다. 엄지손가락을 허공에서 움직이며 이건 분야가 다른 문제라고 생각했다. 친구들과는 바보 같은 이야기로 웃고 떠드는 게 좋지, 심각한 이야기를 나누며 위로받거나 격려받는 것은 내키지 않았다.

이 슬픔이 이미 존재하는 흔한 슬픔이라 해도 이것은 자신만의 슬픔이었다. 혼자 처리하고 혼자 후회하기로 했다. 친구들에게 보내려던 메시지를 삭제한 뒤, 다시 브라우저를 열어서 검색 결과 맨 위에 나온 소개팅 애플리케이션을 다운로드했다. 일단 한 번만, 누구에게도 말하지 않고 다른 남자와 잘 생각이었다. 다른 남자와 해 보면 분명 무언가가 변할 테고 무언가가 트일 것이다.

어쩌면 유타도 자기 나름대로 지쳐서 다른 여자와의 섹스로 무언가를 타개하려 했을지도 모른다고 어렴풋이 짐작했다. 얼마 지나지 않아 소개팅 애플리케이션의 다운로드가 완료됐고 튜토리얼을 따라 초기 설정을 등록했다. 거주지나 나이처럼 고민할 필요가 없는 항목은 쉬웠지만 프로필 사진을 등록하는 단계에서 막혀 버렸다.

적당한 사진을 찾으려고 이미지 폴더를 스크롤해 봤지만 최근에 혼자 찍은 사진이 거의 없었다. 마땅한 사진을 찾지 못해 폴더를 뒤지다 보니 유타와 둘이 찍은 사진이나 유타가 찍어 준 사진이 점점 늘어나기 시작했다. 문득 사진의 날짜를 확인해 보니 5년 전쯤으로 거슬러 올라가 있었다.

'우리는 언제부터 서로 사진을 찍지 않게 됐을까.'

예전의 유타는 틈만 나면 카노코의 사진을 찍었기에 날짜를 거슬러 올라가니 혼자 찍힌 사진이 수두룩했다. 포토 스팟에서는 항상 사진을 찍어 줬다. 데이트가 아닌 날에도 틈만 나면 카노코는 정말 귀엽다면서 사진을 찍어 주고는 했다. 패밀리 레스토랑에서 시험공부 중인 사진, 유타의 집에서 낮잠을 자는 사진, 크레페를 들고 활짝 웃는 사진…. 그러나 모두 너무 오래돼서 프로필 사진으로 쓰기에는 민망했다. 오래 사귀어도 자주 섹스하는 커플은 여전히 서로의 사진을 많이 찍을까?

손가락을 움직여 사진첩 폴더의 시간을 더 거슬러 올라갔다. 결국 갓 사귀기 시작했을 무렵까지 도달했다. 리사네 커플과의 그룹 데이트 사진 몇 장이 나왔다. 순수하지만 한창 섹스에 빠져 있던 시절의 자신들을 잠시 멍하니 바라봤다. 다시 사고를 지배당할 것 같아 정신을 차리고 최근의 사진 중에서 억지로 프로필 사진을 설정했다.

프로필 등록이 완료되자 한밤중인데도 남성들로부터 '좋아요'가 연달아 도착했다. 표시되는 남성들의 프로필을 오른쪽으로 스와이프하면 '좋아요', 왼쪽으로 스와이프하면 '건너뛰기'였고, 서로 '좋아요'를 선택하면 매칭이 성립되어 메시지를 주고받을 수 있다. 아무 생각 없이 '좋아요'와 '건너뛰기'를 반복하던 중 유타한테서 '아직 화났어? 다시 한번 차분하게 얘기하고 싶어.'라고 적힌 새로운 라인LINE 메시지가 도착했다. 순간적으로 피가 머리끝까지 치밀어 올라 '헤어지자.'라고 답장을 보내고 차단했다.

'내가 유타와 헤어질 수 있을까? 그런 일이 과연 가능할까.'

더 이상 메시지가 오지 않을 두 사람의 대화방을 바라보며 생각했다. '헤어지자.'라고 보냈지만, 그것은 전혀 현실감이 없는 일처럼 느껴졌다.

어쩌면 이 남자와 평생 함께 살게 될지도 모른다고 생각하게 된 것은 언제부터였을까. 그것은 일종의 체념에 가까운 예감이었다.

사소한 일로 말다툼이 생기면 유타는 먼저 사과하거나, 금세 웃으며 분위기를 풀 수 있는 남자였다. 카노코는 순간적으로 짜증을 내기는 하지만 오랫동안 화를 지속할 끈기는 없었다. 유타가 생글생글 웃으면 전부 상관이 없어지고는 해서 결국 싸움은 흐지부지 끝나는 경우가 많았다.

그럼에도 고집을 부리며 삐쳐 있으면 유타는 대부분 좀 뛰고 온다고 말하고는 약 한 시간 정도 러닝을 하고 돌아오는 길에 하겐다즈 아이스크림을 사 왔다. 한 시간이라는 냉각 시간과 하겐다즈로 풀리지 않을 만큼의 분노는 한 번도 없었다.

한번은 뛰고 있을 때는 무슨 생각을 하느냐고 물어본 적이 있다. 유타는 딱히 아무 생각도 안 한다고 대답했다. 그런 말도 안 되는 소리 하지 말라며 물고 늘어져도 유타는 같은 대답을 내놓을 뿐이었다.

"아니, 정말로 아무 생각도 안 하는데…. 러닝은 아무 생각도 할 필요가 없어서 기분이 좋은 거잖아."

장거리 달리기 같은 운동을 정말 싫어했던 카노코는 체육 시간에 마라톤을 할 때마다 어떻게든 머릿속을 딴 데로 돌리려 애썼다. 남은 거리를 분 단위로 계산하거나, 좋아하는 노래 가사를 외워 보거나, 양말의 구멍이 다 찢어지면 대체 어떻게 될지 같은 죽도록 쓸모없는 생각을 했다. 유타가 뛸 때 정말로 아무 생각도 안 한다는 사실을 알게 됐을 때 이 사람은 정말 자신과 완전히 다른 생명체라고 느꼈다.

나에게는 이 대답이 꽤 충격적이었기에 종종 떠올렸다. 그럴 때마다 나와의 섹스는 '아무 생각도 안 해도 돼서 기분 좋은 것'이 될 수 없다는 사실에 짜증이 났다.

수면 부족으로 지친 몸에 따사로운 햇볕을 받으니 정화돼서 이대로 사라질 수 있을 것만 같았다. 회사에서 조금 떨어진 공원의 벤치에 앉아, 차라리 사라져 버리고 싶다고 생각하면서도 꾸역꾸역 칼로리메이트를 욱여넣었다. 회사 안에도 세련된 휴게 공간이 있지만 유난히 까칠한 여성 선배가 언제 나타날지 모르기에 날씨가 좋은 날에는 되도록 밖으로 나왔다. 주변을 둘러보니 똑같이 홀로 점심을 만끽하는 동지들이 몇 명 있었다. 그중에는 어렴풋이 얼굴을 기억하는 사람도 있었다. 이번 달에 퇴사할 예정이니 이제 이곳에 올 날도 얼마 남지 않았다는 생각이 들었지만 아무런 감회도 없었다.

칼로리메이트를 왼손에, 스마트폰을 오른손에 들고 소개팅 애플리케이션에서 잇따라 표시되는 남자들의 프로필을 읽으며 스와이프를 반복했다. 남자들은 하나같이 '축구가 좋아요'라는 커뮤니티에 가입해 있어서 별로 좋아하지도, 싫어하지도 않던 축구에 점

146

점 화가 났다. 그냥 짜증 난다는 이유로 '축구가 좋아요' 커뮤니티와 '야구가 좋아요' 커뮤니티, 그리고 '바다가 좋아요' 커뮤니티에 가입한 남자들을 무조건 왼쪽으로 스와이프했다. 그랬더니 매칭 가능한 인원이 줄어들기 시작해서 적당히 오른쪽으로 스와이프하며 '좋아요'도 눌렀다.

태양 아래에 앉아 엄지손가락 하나로 남자들을 분류하고 있는데 흡연 구역 쪽에서 피곤한 듯 걸어오는 익숙한 실루엣의 남자가 눈에 들어왔다. 급히 이 자리를 뜨기에는 이미 늦은 것 같아 고개를 숙이고 말을 걸지 말라는 분위기를 풍겼지만 전혀 통하지 않았는지 목소리가 들렸다.

"어라, 카노코 씨네?"

뻔뻔하게 옆자리에 털썩 앉은 사람은 영업부 에이스 아베 씨였다. 업무에서 직접 얽힐 일은 거의 없었지만 책상이 가까워서 입사 때부터 종종 성의 없는 대화를 던져 오곤 했다.

"카노코 씨는 드디어 탈출할 날이 다가왔는데 요즘 기분 별로인 거 같네? 혹시 업무량이 많은 날이야?"

"아니에요."

남자 친구랑 싸웠냐는 질문에 바로 부정하지 못하고 머뭇거렸더니 웃음을 터트렸다.

"너무 티 난다. 아직 스물다섯이잖아? 더 다양한 남자를 알아 두는 게 좋아. 사람은 잃으면서 배우는 법이잖아. 그냥 헤어져. 어차피 남자는 밤하늘의 별만큼 많으니까."

"밤하늘의 별…."

남자가 정말 별의 수만큼 있을지도 모른다. 하지만 거주지가 가깝고 나이대가 비슷하며 그 외에도 '좋아요'를 누를 만한 조건을 갖춘 남자는 얼마나 있을까.

카노코를 부추기는 야베 씨는 놀 상대에 부족함이 없다는 점을 자랑스럽게 생각하는지 같이 호텔에 갔던 여자 이야기를 술자리에서 자주 떠벌렸다. 카노코는 그 자유분방함을 경멸하면서도 은근히 부러워했다.

"야베 씨는 그런 여자들을 어디서 만나요?"

"미팅이나 친구의 친구, 아니면 그냥 기분 내킬 때 평범하게 헌팅도 해."

"잠깐만요. 헌팅이 성공한다고요?"

"꽤 자주 성공해."

"뭐라고 말을 걸어요?"

"지금 뭐 해요? 이런 식으로 적당히 물어보고, 대화가 잘되면 마지막으로 '근데 나, 섹스 진짜 잘해.'라고 하는 거지."

너무 직설적이라서 웃음을 터뜨리며 저도 모르게 속으로 '좋아요'를 눌러 버렸다. 당연히 못 하는 사람보다는 잘하는 사람이 나은 법이다.

"직설적이라서 잘 먹히는 거야! 이건 정석이라고! 따라 해도 괜찮아."

"안 따라 해요!"

"그리고 최근에 깨달았는데 면접 정장을 입은 여자애들이 의외로 쉽더라고. 취준생들은 대개 정신적으로 몰린 상태라 그런 것 같아."

야베 씨는 카노코의 애타는 눈빛을 눈치챈 듯했다.

"왜 남자 친구랑 싸웠어?"

그렇게 묻는 목소리는 이전보다 다소 끈적했다. 심장이 빨리 뛴다. 야베 씨는 경박한 사람이지만 성격도 나쁘지 않고 다정한 면도 있다. 예를 들어 무거운 물건을 옮기려고 하면 여자애가 무거운 거 들면 안 된다며 달려오고 머리 모양을 바꾸면 가볍게 귀엽다고 말해 준다. 카노코만 특별대우를 받는 것이 아니라 연령대가 높은 여성들에게도 같은 태도를 보였기에 카노코를 괴롭히는 선배마저 야베 씨를 좋아했다. 무엇보다 섹스를 잘한다는 말은 과연 사실일까? 대체 어떤 기준으로 판단할까? 친절하지만 그렇다고 착하지는 않은 야베 씨는 적당히 거칠게 대해 줄 것 같아서 마음에 들었다. 카노코와 유타 사이에 섹스의 빈도나 내용에 관한 이야기를 나누는 일은 매우 드물었지만 아주 오래전에 혹시 원하는 게 있냐는 질문을 받았다. 그때 카노코는 용기를 내서 대답했다.

"조금 강압적으로, 그러니까 억지로 당해 보고 싶어."

"억지로는 불쌍해서 못 해…."

유타가 울먹이는 표정으로 말했다.

말하지 말 걸 그랬다고 후회함과 동시에 이런 계산하지 않는 친절함이 사랑스럽게 느껴졌다. 그런 점에서 볼 때 여성을 약자로 다루기를 무척 좋아하는 야베 씨는 양심의 가책 없이 힘으로 몰아붙일 것 같았다. 상상하니 몸이 작게 떨렸다. 어차피 이 직장은 곧 그만두고 모든 인연이 끊어진다. 퇴사한 후 야베 씨가 자신이랑 잤다고 술자리에서 떠벌릴 수도 있다. 그렇지만 그다지 큰 문제는 아니었다.

"진짜로 다른 남자도 한번 경험해 보는 게 좋아. 사람마다 방식이 완전히 다르거든."

야베 씨는 약간 거리를 두고 앉았지만 다리를 넓게 벌린 탓에 발끝이 닿을 듯 말 듯 가까웠다. 얼굴에 열이 올랐다. 이 남자를 어느 쪽으로 분류할지, 지금 이 자리에서 결정해야 했다.

"나, 여자애들 배꼽 냄새 좋아하는데."

"야, 야베 씨, 학창 시절에 무슨 동아리였어요?"

야베 씨의 말끝에 겹치듯 불쑥 내뱉은 질문은 어딘가 부자연스럽게 빠른 말투였다.

"동아리? 중고등학교 내내 축구부였는데."

그 대답을 듣는 순간, 긴장으로 굳어 있던 몸이 풀어지고 드디어 야베 씨와 눈을 마주칠 수 있었다. 갑자기 왜 그러냐며 웃는 야베 씨의 이빨에는 흡연자 특유의 누런 흔적이 남아 있어서 고민 없이 왼쪽으로 스와이프할 수 있었다.

정신을 차리고 보니 유타에게 일방적으로 이별 메시지를 보낸 밤으로부터 일주일이 지나 있었다.

빠르면 그날 안으로 집에 들이닥치거나 어떻게든 연락할 줄 알았는데 일주일이나 방치할 줄은 몰랐다. 묘하게 현실감이 없던 유타의 부재와 바람은 시간이 지날수록 카노코 안에서 서서히 커졌다. 밤을 지날 때마다 무게를 더하며 이것이 현실이라고 뼈저리게 깨닫게 했다. 흔히 시간이 해결해 준다고 말하지만 그것은 거짓말이다. 시간이야말로 카노코를 가장 괴롭혔다. 마치 자신의 의지로는 거스를 수 없는 졸음처럼 유타가 다른 여자와 잤다는 사실은 때와 장소를 가리지 않고 카노코를 어둡게 덮쳤다. 빨리 덤덤해져서 편해지고 싶다는 생각이 드는 한편, 덤덤해지면서 찾아오는 진짜 끝을 두려워하는 마음도 있었다.

역에서 사람을 기다리며 라인LINE을 열고 유타에게 마지막으로 보낸 '헤어지자.'라는 메시지를 바라봤다. 이쪽이 먼저 차단했으니 당연히 그 이후로 연락은 없었다.

'엄지손가락을 겨우 1초 정도 움직여 입력한 이 네 글자로 우리의 10년이 끝나 버린 걸까.'

이것은 후회와는 조금 다른 감정이었다. 그저 이상했다. 카노코의 모든 청춘의 순간에 유타가 있었다.

약속 장소에 나타난 스물아홉 살의 이쿠토는 소개팅 애플리케이션에 등록된 사진의 인상과 비교해 좋은 점과 그렇지 않은 점이 각각 조금씩 있었다. 간신히 좋은 쪽이 우세한 첫인상에 현실감이 느껴져서 왠지 안심했다.

이쿠토는 프로필 문구에 '진지한 연애 상대를 찾고 계신 분은 사양합니다.'라고 명시했다. 카노코 역시 연인을 찾고 있지 않기에 말이 빨리 통할 것 같아 '좋아요'를 눌렀다. 다시 말해 이 남자는 놀 상대를 찾고 있었던 거다. 마른 체격에 하얀 피부, 키도 카노코와 크게 다르지 않은 모습에서는 성욕의 징후나 어떤 활기찬 기운 같은 것이 거의 느껴지지 않았다. 다만, 체격에 비해 손이 크고 울퉁불퉁하다는 점은 이상하게도 묘한 성적인 느낌으로 다가왔다.

이쿠토가 제안한 첫 만남은 가구라자카의 갈레트로 유명한 카페 레스토랑에서의 점심 데이트였다. 예전에 분명히 다른 여자와 왔던 가게일 테지만 그 점이 오히려 더 마음에 들었다. 유타라면 갈레트라는 음식이 뭔지조차 모를 가능성도 있다.

이쿠토와는 사전에 메시지를 많이 주고받아서인지 처음 만났음에도 놀랄 만큼 편안하게 대화를 나눌 수 있었다. 그동안 유타에게 일상적으로 보냈던 '좋은 아침.', '낮잠 너무 오래 잤어.', '이 만화 재미있더라.' 따위의 별것 아닌 메시지들을 이쿠토에게 대신 보내기 시작했다. 사소한 일상을 혼자 처리하다 보면 모든 것이 흐릿해지곤 했는데 아주 일부라도 이쿠토와 공유함으로써 카노코의 흐릿했던 일상이 윤곽을 되찾아 갔다. 이쿠토는 농담을 잘하지만 가볍지 않았고 말에는 묘한 설득력이 있었다. 이 사람을 더 알고 싶어졌다. 휴일을 보내는 방법이나 직장 이야기로는 알 수 없는 부분을 직접 보고 싶었다.

서로 음식을 거의 다 먹었을 무렵 카노코는 소개팅 애플리케이션을 시작하게 된 사정을 순서대로 설명했다. 섹스리스에 관해 다른 사람에게 이야기한 것은 이번이 처음이었다. 유타를 모르는 사람에게 말하다 보니 자신이 지금 상황에서 느끼는 분노와 유지하고 싶은 체면 등이 점차 명확해지는 것 같았다.

"흔한 얘기죠. 오래 사귄 남자 친구랑 섹스리스가 되고 바람나는 건."

"그렇죠. 하지만 흔한 얘기라는 게 결국 가장 힘들잖아요. 저도 4년 사귄 여자 친구랑 1년 전쯤 헤어졌는데 진짜 힘들었어요."

"이쿠토 씨는 그 오래 사귄 여자 친구랑 왜 헤어졌어요?"

"왜냐하면⋯."

이쿠토는 무언가를 생각하는 듯 시선을 피한 채 자기 손가락을 마사지하듯 눌렀다. 그 행동은 마치 손가락을 압박해서 적절한 말을 짜내려는 것처럼 보였다. 카노코는 그 손끝에서 눈을 떼지 못했다.

"여러 가지가 쌓인 결과였는데… 서로 일이 바빠지면서 어긋난 게 주된 이유죠."

'흔한 이야기죠?'라는 말과 함께 보인 웃음에는 상처의 여운이 남아 있는 듯했다. 아직도 헤어진 이유를 바로 답할 수 없는 이 남자와 서로를 위로하고 싶다는 마음이 강하게 들었다.

식후 커피를 다 마신 뒤, 또 만나자는 말을 주고받고 헤어졌다. 정성껏 보디스크럽과 보습제를 바른 매끈한 피부도, 가장 좋은 속옷도 결국 쓸모가 없었다. 사전에 읽은 '남성을 위한 첫 데이트' 기사에 바로 저녁 약속을 잡으면 경계심을 살 수 있으니 먼저 차분한 분위기의 가게에서의 점심 데이트를 추천한다고 쓰여 있었다. 그래서 이쿠토가 마땅한 단계를 밟고 있다는 사실에 만족감을 느꼈다.

이쿠토와 헤어진 뒤 빠르게 감사 메시지를 보냈다. 그날 안으로 답장은 오지 않았다. 다음 날 아침에도 '좋은 아침이에요.'라는 메시지를 보냈지만 며칠이 지나도 답장이 없었다. 원고 작업 중에도 신경이 산만해져 몇 분 간격으로 애플리케이션을 확인해도 묵묵부답이었다. 결국 초조해진 나머지 '일이 바쁘신가요?'라는 익숙한 메시지를 보내려다가 비로소 자신이 '건너뛰기'를 당했다는 사실을 깨달았다. 자신이 그동안 연락을 무시했던 남자들로부터 종종 받았던 안부 확인 메시지와 똑같은 문장을 지금 보내려고 했던 것이다.

'말도 안 돼.'

몸에서 힘이 빠지며 의자 등받이에 축 늘어지는 몸을 기댔다.

'먹어야지. 잘 차려진 밥상이었잖아.'

여성 이용자는 이 소개팅 애플리케이션을 무료로 이용할 수 있지만, 남성 이용자는 월 3,980엔의 이용료를 내야 했다. 이 비대칭적인 구조로 인해 자신이 우위에 있다고 착각했다.

'내가 돈값을 못 한다는 뜻인가?'

호감을 느낀 이성에게 무시당하는 것도 흔히 이야기고, 소개팅 애플리케이션은 시도와 실패의 연속이라는 사실을 이해는 하고 있다. 지금까지 엄지손가락 하나로 실행했던 왼쪽 스와이프를 자신이 당했다고 기죽는 것은 바보 같은 짓이라고 자신을 타일렀다. 하지만 이쿠토와는 첫 만남 전까지 많은 메시지를 주고받았고 그쪽도 적지 않게 노동력을 투자했다는 사실은 분명했다. 그럼에도 직접 만나고 나서 '건너뛰기'를 당했다는 것은 현실 속 카노코의 무언가가 결정적으로 마음에 들지 않았다는 뜻이다. 이렇게 될 거라면 차라리 처음부터 서류 심사에서 떨어뜨리거나 한번 자고 버려지는 편이 나았다는 생각마저 들었다.

'신중히 검토해 놓고 탈락시키지 마! 이렇게 아름다운 몸인데.'

누구의 손길도 닿지 않는 카노코의 몸은 무겁게 가라앉아 워킹 체어에 깊숙이 파묻혔다.

아, 못 일어나겠다는 생각이 들었다. 몸을 일으키는 데에 필요한 근육과 신경이 일제히 꺼진 느낌이었다. 시간은 아직 오후 8시였고, 원고 진행 상황을 생각하면 적어도 자정이 넘을 때까지는 집중해서 작업해야 했다. 그럼에도 지금은 그냥 잠들고 싶었다. 이렇게 해야 한다는 생각도 이렇게 하는 편이 좋다는 생각도 그냥 모든 것이 귀찮아서 멀어지고 싶었다. 비틀거리며 일어나 침대에 몸을 던졌다. 잘 수 있다면 지금은 그냥 자자. 카노코에게 아무 생각도 할 필요가 없어서 기분 좋은 것은 수면 외에는 없었다.

방 안에 울린 인터폰 소리가 카노코를 억지로 깨우려고 했다. 반사적으로 시계를 확인하니 밤 11시가 넘은 시간이라 덜 깬 머리로 꽤 잤다고 생각했다. 다시 눈을 감으면 금세 멀어지는 의식 속에서 현관문이 열리는 소리에 이어 거친 숨소리와 조심스러운 발소리가 들렸다.

"…자?"

천천히 눈을 뜨니 어깨로 숨을 몰아쉬는 유타가 카노코를 내려다보고 있었다. 뺨에서 턱 선으로 땀이 흘러내리고, 목덜미는 젖어서 반짝였다.

"…왜 그렇게 땀을 흘려?"

"뛰었으니까. 한 3~4시간 정도? 계속."

"왜 그렇게 뛰었어?"

"카노코랑 얘기하고 싶어서, 계속."

"무슨 소리야."

"미안해."

"늦었어."

"미안해."

느릿느릿 상체를 일으켜 침대에 걸터앉자, 유타도 카노코 옆에 바짝 앉았다.

"웬일로 꽃을 장식했네."

유타가 테이블 위를 바라보며 말했다. 며칠 전, 직장에서 소소한 송별회가 열렸다. 날이면 날마다 카노코를 괴롭히던 선배가 매우 아쉬워하며 작은 꽃다발을 선물로 줬다. 이런 무심함으로 그 선배의 세상은 굴러가겠지. 평소 꽃을 장식하는 습관이 없는 카노코는 꽃병 같은 것을 가지고 있지 않아 당황했다. 일단 냉장고에 있던 우유를 억지로 마셔서 비운 우유팩을 꽃병 대용으로 사용했다. 유타가 바람을 피우지 않았다면, 이런 사소하고 하찮은 일들도 일일이 보고했을 것이다.

유타는 깊게 숨을 내쉰 뒤 카노코의 손을 두 손으로 감싸고 얼굴을 들이밀며 열기 어린 눈으로 바라봤다. 속눈썹이 땀에 젖어 뭉쳐 있었다.

"나, 역시 카노코랑 결혼하고 싶어. 나쁜 점은 다 고칠게."

"꽤 오래 뛰었구나."

"응?"

"아이스크림 안 사 왔네."

"아, 미안. 먹고 싶었어?"

"아니, 별로. 있잖아, 나는 유타한테 평생 보물처럼 대접받고 싶었어."

"보물이라고 생각해, 항상."

"알아. 그런데 보물처럼 대하지는 않았잖아."

"미안해."

"나랑은 안 하면서, 다른 여자랑은 섹스하잖아."

"미안해."

"나랑은 안 하면서."

"미안해. 하지만 카노코하고는 그런 걸 안 해도 항상 즐거울 수 있다고 생각해서…."

그래서 역시 카노코랑 결혼하고 싶어.

울 것 같은 얼굴로 달콤하게 속삭이는 말에 마치 관자놀이를 얻어맞은 듯한 기분이 들었다.

두 사람 사이에는 분명히 깊은 단절이 있었다.

'우리는 언제부터 이렇게 다른 것을 보고 있었을까.'

"우리, 줄곧 어긋났던 것 같아."

"줄곧?"

"줄곧."

"우리 지금까지 쭉 사이좋게 잘 지냈잖아. 앞으로도 계속 함께

하자."

유타는 충분히 도망칠 수 있을 만한 힘으로 카노코를 안았다. 카노코는 유타의 윈드브레이커 천에 뺨을 대고, 익숙한 체취 속에 몸을 맡겼다. 다다미 여섯 장 넓이의 좁은 방에서 자신을 감싸는 약한 힘에 왠지 어디에도 갈 수 없겠다는 생각이 들었다. 어쩐지 불안해져 손을 뻗어 등을 덮은 천을 꽉 움켜쥐었다. 유타는 자신감을 얻은 듯 팔에 힘을 주며 뒤통수를 부드럽게 쓰다듬었다. 잠시 몸을 조금 떼고 눈을 마주치면서 사랑한다고 말하고 입을 맞췄다. 점막이 맞닿는 소리가 방 안에 작게 울렸다. 참으로 감동적이라고 차게 식은 머리로 생각했다.

유타는 혀를 얽으며 카노코를 조심스럽게 눕히고 상의의 밑단에 손을 가져갔다. 맨살에 닿는 손길에 반사적으로 움찔거리며 반응했다. 유타가 달래듯 손으로 배를 쓰다듬었다. 아무래도 이대로 우리는 흔하고 유치한 화해 섹스를 하게 될 예정인 듯했다.

'제정신인가? 나는 섹스가 없다는 사실에 조급했고 다른 여자와 섹스했다는 사실에 화가 났는데 결국 섹스로 화해한다는 것인가?'

그럼에도 카노코의 몸은 단순해서 오래간만에 이루어질 행위의 예감에 금세 기대를 품었다.

'나는 상당히 섹스에 지배당하고 있구나. 행위 그 자체가 아닌 섹스라는 개념에 계속 휘둘리고 이유는 뭘까?'

딱 한 번만 다른 남자랑 자 보겠다고 결심했던 그 짧은 자유가 벌써 그리웠다. 오늘까지 다른 누구와 한 번이라도 섹스를 했다면 무엇인가 달라졌을까? 다른 여자와 섹스했던 유타는 무언가 달라졌을까? 아래에서 올려다본 유타는 평소와 다르지 않아 보였지만, 내면은 이전과 다른 유타일까? 아니면 아무것도 변하지 않았기에 다시 나를 안으려는 것일까. 이 섹스로 우리의 틈이 조금이라도 메워질까? 그 틈은 섹스로만 메울 수 있는 것일까?

모든 걸 설명해 주길 바랐다.

내가 아무 생각 없이 기분 좋게 잠들었던 세 시간 동안 유타는 무슨 생각을 했을까? 역시 아무 생각도 안 했을까? 지금은? 욕정하고 있는 것일까, 아니면 애정을 표현하려는 것일까? 대체 어떤 마음으로 나와 섹스하려고 하는지 말로 제대로 설명해 줘.

사실, 난 섹스를 엄청나게 좋아하지는 않는다. 하고 싶어 미칠 것 같지도 않고 그렇다고 싫어하지도 않는다. 그런데도 섹스가 나를 가장 많이 휘두르고 가장 보잘것없는 여자로 만든다. 섹스에 대해 이렇게 많이 생각하면서도 막상 말로 꺼내려 하면 그만큼 섹스가 멀어질 것만 같아 아무 말도 할 수 없다.

섹스가 그렇게나 크고 강력한 힘을 지녔을까? 여행지에서 본 아름다운 풍경이나, 잠옷 차림으로 둘이 함께 한밤중에 편의점까지 갔던 일 따위는 비교조차 되지 않을 만큼 강력한 것일까?

유타가 익숙한 방식으로 몸을 만졌다. 아, 익숙한 체온이다. 섹스가 아무 생각 없이 기분 좋은 일이었던 시절이 두 사람 사이에 분명히 있었다. 하지만 그것은 이미 두 사람의 손을 떠나 저 멀리가 버렸다. 손길에 흥분하는 한편 다음에 몸을 맞댈 때까지 넘어서야 할 밤들의 끝없음을 떠올리며 절망에 빠졌다. 시야 한쪽에 우유팩 속에서 무심하게 피어 있는 이름 모를 꽃들이 들어왔다. 핑크빛 꽃잎 가장자리는 이미 갈색으로 변하기 시작했다. 몸 구석구석에 입맞춤을 받으며 고등학생 시절 부모님 몰래 했던 집에서의 섹스나, 자취방에서의 느슨했던 섹스 하나하나가 잇따라 뇌리에 되살아났다. 둘이 몸을 맞댄 수많은 시간, 그리고 몸을 맞대지 않고 그럼에도 서로에게 기대어 잠들었던 수많은 밤이 한꺼번에 카노코를 덮쳤다. 그중에는 섹스가 점점 사라지고 차라리 자빠트려서 억지로라도 해야겠다고 생각했던 괴로운 밤도 있었다. 그럴 때마다 억지로는 불쌍해서 못 한다고 말하던 유타의 혼난 강아지처럼 처진 눈썹과 흔들리는 속눈썹이 떠올라 카노코를 몇 번이고 무력하게 만들었다.

유타는 정상위로 삽입하며 상체를 일으켰다. 그리고 난잡하게 벌어진 카노코의 다리 사이를 손으로 부드럽게 쓰다듬으며 이기적인 말을 했다.

"있잖아, 여기는 나 말고 누구한테도 보여 주지 마. 앞으로 평생, 나한테만 보여 줘."

그 손길은 의외로 끈적해서 순간적으로 머리가 새하얘졌다. 생각을 허락하지 않는 쾌감 때문에 이미 멀어진, 아무 생각 없이 기분 좋았던 섹스를 되찾을 수 있을지도 모른다는 희미한 기대가 스쳤다. 그런 기대를 품은 자신이 비참하고 한심하게 느껴졌다. 우리는 어쩌면 이미 흥분 따위는 없어도 괜찮고 그저 다리와 다리가 살짝 맞닿아 있기만 하면 충분하며 거기에는 특별하지는 않지만 절실하고 평범한 소중함이 있을지도 모른다. 그것은 슬픈 일이 아니라 자연스러운 일일 수도 있다. 어쩌면 감히 행복이라고 부를 수 있을지도 모른다. 아마도 그것은 다른 누군가 원하는 것일지도 모르겠다.

하지만 그것이 대체 무슨 의미가 있을까?

이 남자를 건너뛰면 나는 이번에야말로 넘어야 할 수많은 길고 긴 밤들로부터 해방될 수 있을까?

카노코는 몸 위를 덮친 유타의 뺨에 조심스럽게 손을 대고 엄지손가락으로 그 피부를 천천히 왼쪽으로 문질렀다.

5

멋대로 춤추지 마

단골 러브호텔과는 완전히 딴판인 간소한 비즈니스호텔의 한 방에서 아키는 격리 기간 열흘 중 마지막 밤을 맞이했다.

　코로나19 확진 판정을 받자마자 호텔 요양 허가가 떨어진 점은 다행이었다. 고등학교 시절부터 알고 지낸 여자 친구들과 함께 사는 셰어하우스에 계속 머물렀다면 아무리 조심해도 내부 감염을 피할 수 없었을 것이다.

　아키는 가져온 노트북으로 줌Zoom을 열고 화면 너머로 오랜만에 동거인들과 얼굴을 마주했다.

　몸은 어때? 후유증은 괜찮아? 등 가벼운 안부 인사가 오간 후, 아키는 '우리 셰어하우스의 새 멤버 영입 제안'이라는 제목의 파워포인트 자료를 화면에 띄웠다.

　"그러면 바로 화면을 공유하겠습니다."

세 사람이 각자 웅성거렸지만 모두 반쯤 웃고 있는 표정으로 보아 아마도 반려동물을 키우자는 제안이라고 생각하는 듯했다. 카노코는 입 모양으로 뚜렷하게 고슴도치라고 몇 번이나 반복했다.

"우선 보고부터 드리겠습니다. 저, 이번에 임신했습니다."

화면 중앙에 '보고 사항'이라는 큰 글씨가 적힌 슬라이드를 띄우고 선언하자 모두 순식간에 웃음을 멈췄다.

"저는 오래전부터 언젠가 아이를 갖고 싶다는 생각을 해 왔습니다만, 여러 남성과의 교제를 거치며 저에게 있어 연애, 결혼, 출산은 서로 연결된 것이 아니라 각각 멀리 떨어진 섬처럼 별개라는 사실을 깨달았습니다."

더 가볍게 말할 생각이었는데 파워포인트로 발표하다 보니 자연스레 비즈니스 톤으로 말투가 바뀌었다. 다양한 무료 소재 사이트를 활용해 만든 슬라이드로 '연애, 결혼, 출산이 하나의 화살표로 위에 있는 여성의 라이프 이미지(여성의 일러스트 첨부)'와 '연애, 결혼, 출산이 뿔뿔이 흩어진 자신의 라이프 이미지(본인의 얼굴 사진 첨부)'를 시각적으로 표현했다. 화살표가 길게 늘어나는 진부한 애니메이션 효과에 이어폰 너머로 누군가의 실소가 들렸다.

"간단히 말하자면 '아이는 원하지만 남편은 원하지 않는다.'라는 생각이 강해졌습니다. 그래서 친구인 남성에게 정자를 제공받아 주사기 요법을 여러 차례 시도한 결과 드디어 임신에 성공했습니다."

165

주사기 요법이란 바늘 없는 주사기와 비슷한 기구에 정액을 넣고 질에 주입해 수정을 시도하는, 성관계를 수반하지 않는 임신 방법이다.

노트북 위쪽에 달린 카메라에 일부러 시선을 마주쳤다. 카메라가 켜졌음을 나타내는 녹색 램프를 응시하며 말을 이었다.

"저는 가능하다면 우리가 넷이 함께 사는 이 집에서 아이를 키우고 싶습니다. 그리고 여러분도 제 아이의 부모가 되어 줬으면 합니다."

한 박자 쉬고, 아무도 말을 하지 않는 것을 확인한 뒤 말을 이어 갔다.

"지금의 저는 경제적으로나 정신적으로도 싱글맘으로 아이를 키울 자신이 없습니다. 애초에 레이와 시대의 이 '헬Hell 도쿄'에서 아이를 키우는 건 남편이 있어도 상당히 버겁다고 생각합니다. 하지만 네 명이라면 어떨까요? 네 명이 부모 역할을 나누어 맡으면 아이를 무리 없이 키울 수 있지 않을까요?"

엔터키를 눌러서 슬라이드를 넘겼다. 코로나 확진자만 머무는 이 건물은 매우 조용해서 타자 소리가 선명하게 울렸다.

"학생 지원 기구에서 발표한 자료에 따르면 교육비를 제외한 아이 양육에 드는 비용은 대략 연간 100만 엔 정도입니다. 단순히 계산하면 100만 엔을 넷이 나누면 25만 엔, 이를 월 단위로 나누면 한 사람당 2만 엔 조금 넘습니다."

넷이 나눈다는 말을 꺼내자마자 오른쪽 상단의 작은 화면 속 미오가 크게 눈썹을 찌푸리는 모습이 눈에 들어왔다.

"즉 매달 2만 엔씩, 여러분이 크라우드 펀딩 형태로 아이 양육에 투자해 주셨으면 합니다. 펀딩 상품은 결혼과 출산 없이 4분의 1만 부모가 되어 아이를 가지는 삶입니다. 물론 앞으로 여러분 중 누군가가 이 집에서 출산한다면 저도 똑같이 부모가 되어 자금을 제공하고 육아에 전적으로 참여하겠습니다."

☆

별로인 직장에서 또 다르게 별로인 직장으로 이직해 버렸다. 배설하는 김에 화장실에서 인스타그램을 보며 길고 얇은 한숨을 내쉬었다. 나쁘지 않은 직장이라고 생각했다. 처음에는.

OA 기기 판매 회사의 영업 사무직에서 인재 소개 회사의 같은 직종으로 이직한 지 벌써 6개월 가까이 지났다. 하지만 여전히 매일 새롭게 자신과 맞지 않는다고 생각한다. 입사 초기에는 신입사원 시절과 비교하면 꽤 뻔뻔해졌으니 새로운 직장에도 곧 익숙해지고 일하기도 더 쉬워지리라는 희망을 품었다. 그런데 아무래도 그렇지 않을 것 같다는 사실을 곧 깨달았다. 이 불편한 감각에 익숙해질 날은 영원히 오지 않을 것이며 작은 '참을 수 없는' 것들이 축적되다 결국 폭발해서 완전히 끝장나는 것이다.

파트너로 일하는 영업 담당 남자 직원이 혼자 사느냐고 묻길래 여자 친구 세 명과 룸 셰어 중이라고 대답했더니 과장되게 놀라며 나이를 물었다. 스물아홉이라고 대답하자 그 직원은 잠시 생각하는 제스처를 취하고는 웃는 얼굴로 엄지를 치켜세우며 말했다.

"괜찮아, 괜찮아. 5년만 지나면 줄줄이 이혼할 테니까!"

그 일련의 대화를 곱씹으니 역겹다는 생각만 들었다.

문제의 동거인들은 아키를 제외한 셋 모두 재택근무 중이라 지금쯤 한 지붕 아래에서 각자 업무를 하거나 적당히 농땡이를 피우고 있을 터였다. 아키의 회사도 COVID-19가 유행하던 시기에는 원격 근무를 시행했으나 감염자 수가 일시적으로 줄어들자 곧바로 종료했다. 익숙하지 않은 근무 형태라 불편한 점도 많았지만 출근할 때와 비교해 압도적으로 편했던 그 꿈같은 짧은 나날이 그리웠다.

카노코는 만화가라 애초에 출근이라는 개념이 없지만, 미오와 유리코가 일하는 회사는 정도의 차이는 있어도 앞으로도 원격 근무가 계속될 전망이었다. 소득이 가장 낮은 자신만이 출근을 강요당하고 있다는 사실이 진심으로 비참했다. 유리코는 자신의 두 배 가까운 연봉을 받고 있을 테고, 미오는 순조롭게 승진하여 상사들의 신뢰를 얻고 있으며, 카노코는 전국에 팬이 있다. 특별한 자격증도 없고 무언가를 판매하거나 창작하는 것도 싫어하며 그럼에도 정시에 퇴근하고 싶은 자신이 돈을 많이 벌지 못하는 것은 지

극히 당연하다. 하지만 동거인들과 일에 대한 만족도나 사소한 금전 감각의 차이가 생길 때마다 자신도 모르는 사이에 서서히 마음이 깎여 나갔다. 재택근무에 적응한 미오는 진지하게 말했다.

"이제 매일 출근하던 그 시절로는 절대 못 돌아가. 만약 앞으로 주 5일 출근 필수라는 말을 들으면 정말로 이직을 고민할지도 몰라. 재택근무는 연봉으로 따지면 200만 엔 정도의 가치가 있다고 생각해."

이미 연봉 격차가 있는데 자신은 추가로 200만 엔만큼 더 열악한 환경에서 일하고 있다는 사실에 울고 싶어졌다.

천천히 책상으로 돌아와 앞으로 수정할 가능성이 높으니 아직은 작성할 필요가 없는 데이터를 세심히 점검하는 척하며 정시까지 시간을 보내기로 했다. 마우스를 잡고 무의미하게 스크롤하며 멍하니 아이를 갖고 싶다고 생각했다. 화면에 초점을 맞추지 않은 채, 화장실에서 보던 인스타그램 게시물을 머릿속에서 되새겼다. 이미 오래전에 멀어진 친구들이 생후 100일 기념일이니 운동회니… 하나같이 아이의 사진과 동영상을 자랑하는 모습을 볼 때마다 과장이 아니라 진심으로 눈물이 날 것 같았다.

아이를 갖고 싶다. 일이 별로일수록 아이를 가지고 싶다는 열망이 커졌다. 원래 언젠가는 아이를 갖고 싶다고 생각했지만 그 막연함이 날이 갈수록 구체성을 띠었다. 이 일의 몇 안 되는 장점 중 하나는 업무량이 많지 않다는 것, 즉 한가하다는 점이다. 좀처럼 야근할 일도 없지만 그만큼 체감 시간이 길다. 아이에 관한 생각이나 일에 대한 불만을 끝없이 떠올릴 수 있는 여백의 시간이 가득했다. 차라리 이런 것을 생각할 틈조차 없을 만큼 바쁘면 더 건강한 정신 상태를 유지할 수 있었을지도 모르겠는데.

둘째를 가지기 위해 임신 준비를 시작했다고 요란하게 선언했던 유카가 그 말이 채 끝나기도 전에 맥주를 비우는 모습을 보고 임신 준비 중에 술 마시는 거 괜찮으냐고 물었다. 그랬더니 덴마크의 학자가 일주일에 14잔까지는 임신 가능성에 영향을 주지 않는다는 연구 결과를 발표했다고 대답했다.

남편에게 아이를 맡기고 오랜만에 한잔하자는 제안으로 모인 곳은 작은 이탈리안 레스토랑이었다. 아담한 내부에 비해 테이블 간 간격이 넓어서 편안했지만 수지가 맞을지 걱정됐다. 사회적 거리 두기에 익숙해진 탓인지 아니면 단순히 어른이 되었기 때문인지 언제부턴가 북적이는 이자카야를 도저히 견딜 수 없는 몸이 됐다. 얼마 전까지만 해도 도리키조쿠(일본의 저렴한 닭꼬치 체인점)의 4인석에 5인이 앉는 것도 아무렇지 않았지만 이제는 싫다.

"그런데 배란일 맞춰 섹스하는 건 어떤 느낌이야?"

웃는 얼굴로 고(본명은 고로)가 물었다. 학생 시절에는 여성과 사귀었던 기억이 있는데 지금은 사랑스러운 남성 파트너가 있다고 한다.

"임신 준비하는 사람들 사이에서는 섹스라고 안 해. 배란일 요법이라고 하지."

아니면 '숙제'라고도 하고. 그렇게 말하며 양손으로 브이 사인을 접었다 폈다 하면서 따옴표 제스처를 지어 보이는 유카에게 섹스는 섹스라고 야유했다.

"별다른 감흥은 없어. 애초에 의무적으로 하는 섹스에 흥분할 리가 없잖아. 그거 알아? 배란일 요법으로 임신 준비를 하려면 배란일 이틀 전부터 당일까지 사흘 연속으로 섹스하는 게 가장 좋은데, 지금처럼 모두가 지쳐 가는 현대사회에서 그게 가능하겠어? 다들 인생에서 며칠 연속으로 섹스해 봤어? 그것도 자기 의지랑 상관없이 특정한 3일 동안 해야 하는 섹스가 얼마나 힘든지 알아? 게다가 이미 섹스에서 은퇴해서 현역이 아닌 우리 같은 사람이 그러는 건 이제 불가능에 가깝다니까."

한때 안내 방송 아르바이트를 했던 유카는 발음이 지나치게 정확했다. 빠르게 몰아붙이는 말투만으로도 꽤 재미있어서 반칙처럼 느껴졌다. 발음이 좋은 것도 재능이다.

"섹스에서 은퇴했다니. 우리 아직 아슬아슬하게 20대잖아. 현역이어야지. 유카, 너 모리타랑 결혼할 때 섹스리스가 되면 즉시 이혼이라고 공약처럼 말했잖아!"

"아, 그런 말도 했지."

그 시절은 젊었다는 듯한 표정으로, 유카는 원가와 당도가 높아 보이는 청포도 샐러드를 우아하게 입에 넣었다. 유카의 남편 모리타는 우리가 소속했던 세미나의 한 기수 아래의 후배였다. 작은 체구의 유카와는 반대로 체격이 좋고 말수가 적은 남자였다.

"사실 나, 신혼 초에는 섹스리스가 너무 두려웠는데 오래 함께 지내다 보니 섹스가 줄어드는 건 어쩔 수 없는 자연스러운 일이고 그게 꼭 슬픈 일만은 아니라는 생각이 들더라. 지금도 아이가 일찍 자면 가끔 섹스를 하긴 하는데 뭐랄까, 서로 잘 서지도 않고 잘 젖지도 않아. 그래도 항상 사이는 좋고. 꼭 붙어서 자는 게 좋으니까 그걸로 충분하다고 진심으로 생각하게 됐어."

"하지만 그건 둘 다 성욕이 떨어지는 시기가 맞아떨어졌으니까 그런 거잖아. 만약 자기 성욕이 왕성할 때 섹스를 안 해 준다고 하면 진짜 죽이고 싶어질 테고, 충분히 이혼할 이유가 되지. 유카 얘기는 섹스리스에 대한 불만을 가장한 자랑이네."

고가 짓궂게 말하자 그럴지도 모른다는 말과 함께 유카가 맥주를 추가로 주문했다. 앞으로 유카가 마실 수 있는 맥주는 12잔 남았다.

"사귈 때부터 모리타랑 섹스 궁합이 특별히 좋다고 생각하지는 않았는데 섹스 빈도랑 타이밍은 잘 맞는다고 느꼈어. 7년? 8년? 지나고 보니까 성욕이 줄어드는 타이밍도 딱 맞아서 그때의 직감이 옳았다는 생각이 들어."

'그런가….'라는 말과 함께 아키는 애매하게 동의의 뜻을 표했

172

지만 오히려 고는 적극적으로 물었다.

"그러면 너희는 사이좋게 성욕이 줄었는데 어떻게 임신을 시도하려고? 인공수정이라도 할 거야?"

"그건 다음 단계지. 지금은 우선 주사기 요법으로 할 수 있는 데까지 해 볼 생각이야."

주사기 요법이라는 단어에 고는 이해한 듯 고개를 끄덕였지만 아키는 감이 오지 않아 곧바로 검색해서 알아냈다. '지금이야말로 홈 임신'이라는 캐치프레이즈에 살짝 웃음이 나왔다.

"미리 채취한 정자를 자기가 직접 주입한다고? 와, 뭔가 미래 같아. 아니, 오히려 원시적인 건가? 상당히 흥미롭네."

그렇게 말하며 아마존에서 가장 인기 있는 주사기 요법 세트를 눌러 보니 별점 4.3에 리뷰가 600개나 달려 있어 깜짝 놀랐다. 스크롤을 내리며 흥미롭게 살펴보는 아키를 향해 고가 말했다.

"레즈비언 커플도 많이 쓰는 방법이야. 친한 게이한테 정자를 받아서 말이지."

"우리 집은 일단 성애와 생식을 명확히 분리하기로 했어. 서로의 정신 건강을 위해서. 그게 잘 안 되면, 그때는 인공수정 같은 다음 단계를 또 생각해 보려고."

맥주 허용량이 11잔 남은 유카는 자기 이야기를 너무 많이 했다고 생각했는지 아무 말을 던졌다.

"아키는 여전히 여자 넷이 같이 살아? 좋겠다. 유튜브라도 시작하려고?"

"아니, 그런데 나도 요즘 왠지 애가 너무 갖고 싶어. 남편은 필요 없지만."

아키가 대답했지만 그 말을 들은 유카는 건조한 웃음을 흘렸다. 마치 고등학생들이 하는 헛소리라고 생각하는 기색이 느껴져 언짢았다. 그러나 꼬치꼬치 캐묻는 것도 귀찮으니 굳이 개의치 않았다. 자기는 애도 갖고 싶고, 남편도 갖고 싶다며 고가 천진난만하게 말해서 분위기를 부드럽게 만들었다.

만취한 유카를 전철 플랫폼까지 데려다주고 매달리듯 얽혀 있던 팔이 풀리려는 순간, 귓가에 목소리가 들렸다.

"아이 키우는 거, 남편이 있어도 정말 힘들어."

술에 취한 유카의 목소리가 너무 커서 순간 밀어 버릴 뻔했다.

"유카 진짜 많이 취했더라."

"괜찮으려나?"

둘이 그런 대화를 주고받으며 고와 함께 지하철 플랫폼으로 향하는 계단을 내려갔다.

플랫폼에서 불어오는 강한 바람에 치마가 다리에 달라붙어 펄럭였다.

"있잖아, 정말로 레, 레즈비언 커플도 주사기 요법으로 아이를 낳아?"

목소리가 커진 것은 바람 소리와 마스크 때문에 소리가 묻히지 않기 위해서였지, 결코 술 때문은 아니었다. 고는 환승 안내 애플리케이션을 들여다보던 얼굴을 들었다. 몇 초 동안 진지하게 바라보다가 살짝 표정을 풀렸다.

"알고 지내는 사람 중에 인터넷에서 만난 사람에게 정자를 받아서 출산한 커플이 한 쌍 있어. 지인의 지인 정도까지 포함하면 더 많을걸."

"그렇구나."

"아키도 아이를 갖고 싶구나. 내가 도너donor가 되어 줄까?"

"하하하."

"진심이야. 하지만 내 정자는 비싸다고."

그렇게 말하고 고는 가벼운 발걸음과 함께 아키와 반대 방향 플랫폼으로 사라졌다.

그날 밤, 아키는 주사기 요법 세트의 고객 리뷰를 샅샅이 읽었다. 섹스리스로 고민하는 부부, 발기부전(ED)으로 고민하는 부부, 성교통으로 고민하는 부부들이 하나같이 이 주사기 요법 세트로 구원받았다며 별 5개를 줬다. 고는 '레즈비언 커플들이 많이 쓴다.'라고 설명했지만, 리뷰를 아무리 읽어도 보이는 건 이성애자 부부의 후기뿐이었다. 차라리 조작된 리뷰면 좋겠다는 생각으로 가짜 리뷰 검색기에 URL을 넣었더니 조작 가능성은 극히 낮은 안전한 상품이라는 검증 결과가 나왔다.

'그렇구나, 임신 준비라는 게 요즘은 이런 느낌이구나.'

거기에 적힌 내용은 재미있거나 충격적이지도 않은 평범한 삶이었다.

'이 리뷰를 작성한 600명의 사람은 모두 사랑과 생식을 분리하고 있구나.'

지난 몇 년간의 결혼 상대 찾기라고 하기에는 너무 광활하지만, 능동적으로 남자를 만나고 사귀고 헤어지는 활동의 반복을 떠올렸다. 상대에게 어느 정도 호감을 느끼기도 했고 섹스도 그럭저럭 즐거웠지만 푹 빠지는 일은 결코 없었다. 함께하는 미래를 바란 적도 없었다.

함께 사는 친구들과 시간을 보내며 느꼈던, 지금 이대로 죽어도 후회 없겠다고 생각하게 되는 폭죽 같은 즐거움이나 포만감. 그 속에서 이 상태로 계속 있기를 바라는 마음과 깊이 스며드는 행복의 나른함은 남자와 있을 때는 결코 얻을 수 없는 것이었다.

그리고 나는 지금 아이를 갖고 싶다. 모두가 그럴듯하게 말하는 '적령기에 출산하려면 몇 살까지 교제를 시작해서 프러포즈를 받아야 한다.'라는 정체불명의 역산 따위는 이제 지긋지긋했다.

라인LINE 대화방에서 고를 찾아 '비싸다는 게 얼마야?'라는 메시지를 보냈다. 곧바로 읽음 표시가 뜨고 심장이 빠르게 뛰기 시작했다. 잠시 후 '1,000만 엔.'이라는 답장이 왔다.

'놀리는 거잖아!'

바로 스마트폰을 내던지고 침대에 엎드리자, 전화가 걸려 왔다.

[조건에 따라 무료로 제공할게.]

카테터를 질에 삽입하고 주사기 뒤쪽에 올려 둔 엄지를 꾹 눌러 정액을 주입했다. 차가우리라 예상해서 잠깐 긴장했지만 그렇지 않았다. 온도가 느껴지지 않는 액체가 질 내부를 주르륵 지나가는 희미한 감각이 느껴졌다. 온도를 느끼지 않는다는 것은 질 내부 온도와 비슷하다는 의미일까. 팬티를 입고 치마를 정돈한 뒤 화장실에서 나왔다. 설명서에 주입 후 5분간 누워 안정을 취하라고 적혀 있어서 러브호텔의 널찍한 침대에 누웠다.

소파에서 스마트폰을 만지작거리던 고가 다가와서 얼굴을 들이밀고 잘됐냐고 물었다. 그 거리낌 없는 태도에 얼굴을 보기 부끄럽다고 생각했던 자신이 우스워졌다.

"영혼이 주입된 느낌이 들어?"

"전혀 없어. 그냥 처치 받는 느낌이야."

별다른 감흥 없는, 탐폰을 삽입하거나 칸디다 약을 넣는 것과 크게 다르지 않은 작업이었다. 확실히 여기에 비하면 임신 준비를 위한 섹스는 너무 스트레스가 크고 비합리적이다. 마치 피처폰이 순식간에 스마트폰으로 대체된 것처럼 앞으로 임신 준비는 모두 주사기 요법으로 바뀔 수도 있다는 생각마저 들었다.

고는 아키 옆에 팔꿈치를 대고 누워 아랫배 주변을 옷 위로 유심히 바라봤다.

"너무 쳐다보지 마."

"미안, 미안."

약 두 달 전에 신주쿠의 한 병원에 함께 가서 예비부부 검사를 받았다. 각자 따로 받아도 되지만 고가 이왕이면 커플 플랜으로 하자며 같은 날 예약을 잡았다. 꽤 괜찮은 온천여관의 숙박 비용을 들여 완수한 혈액 검사와 성매개 감염증 검사 등은 강제로 두 사람의 유대감을 강화했다. 그날도 그랬지만 지금 이렇게 둘이 누워 있으면 마치 진짜 커플이 된 듯한 착각에 빠진다. 고는 여성과 성교는 할 수 없다고 했지만 아키는 은은한 욕구가 서서히 타오르고 있었다. 게다가 피임약 복용을 중단한 이후로 괜히 성욕이 솟아오르는 기분이었다.

"나 있잖아, 밤에 자기 전에 눈에 붙은 렌즈를 뺄 때 영혼을 떼어 내는 기분이 들어. 인공눈물을 안 넣고 빼면 각막이 손상된다고 매번 스나 씨한테 혼나지만."

고의 연인인 스나 씨는 외국계 증권사에 다닌다고 했다. 고의 말에 따르면 '뭔가 실수로 만들어진 것처럼 우수한 사람'이라고 했다. 고가 연인 이야기를 자주 하다 보니 아키도 자연스럽게 스나 씨에 대해 자세히 알게 됐고 이에 맞춰 아키도 동거인들에 대해 자주 이야기하게 됐다. 동거인들의 이야기를 하다 보면 직접 자기 이야기를 하는 것도 아닌데 이상하게 내면을 많이 드러내는 기분이 들었다.

"있잖아, 어느 정도는 다들 비슷할지도 모르겠지만 대학 졸업 이후로 내 안의 어떤 부분이 계속해서 결정적으로 손상되고 있는 것 같아. 구체적으로 뭐가 손상되고 있는지 말하라고 하면 잘 모르겠는데, 마치 산소가 희박한 느낌이라고 해야 하나. 그전까지는 학교에서도, 아르바이트할 때도 아무 문제 없었는데, 사회에 나오자마자 선배들이랑 그저 날씨 얘기 같은 가벼운 잡담조차 잘 안되는 거야. 어라? 나, 진짜 재미없는 여자잖아? 뭐, 그런 생각이 들었어. 그런데 넷이 있을 때는 말이 최강의 속도랑 정밀도로 떠올라서 내가 세상에서 제일 재미있는 여자일지도 모른다는 생각이 들어. 넷이 같이 살기 시작하고부터 그 손상된 부분이 조금씩 되돌아오고 있는 것 같아."

"그런 기분을 느끼게 해 주는 남자는 못 만났구나."

"못 만났어. 회사에서의 나도 지루한 여자지만 남자 친구랑 있을 때의 나도 정말 지루하거든."

"스나 씨랑 있을 때의 나도 꽤 지루한 남자지만 스나 씨는 내가 지루한 인간이어도 괜찮다고 생각하게 해 줘."

사랑하는 사람을 떠올리며 눈을 가늘게 뜬 고가 제시한 정자 제공 조건은 다음과 같았다.

"내 정자로 무사히 아이를 낳으면 다음에는 나를 위해서 아이를 낳아 줘. 스나 씨랑 같이 키우고 싶거든."

1,000만 엔이라는 금액은 해외에서 대리모 출산을 의뢰할 때 드

는 대략적인 비용이라고 했다.

날이 갈수록 어마어마한 약속을 해 버렸다는 두려움이 고개를 들었다. 임신과 출산이라는 미지의 영역이자 생명을 건 행위를, 나 자신을 위해서라면 몰라도 가족도 아닌 남자를 위해 할 수 있을까?

"너무 심각하게 생각하지 마. 우선 아키의 아이가 무사히 태어나고 나서 진지하게 생각해 보자. 정자 제공이랑 대리출산은 위험이나 부담이 비교할 수 없을 만큼 다르니까. 만약 정말로 부탁하게 되면 1,000만 엔까진 아니어도 어느 정도 충분한 보상은 할게."

고는 그렇게 말했지만, 그가 협조적일수록 마음은 더 무거워졌다. 대리모를 찾는 과정은 정자 제공자를 찾는 과정과는 비교할 수 없을 만큼 어려울 것이다. 하지만 아이를 갖고 싶다는 그 마음이 아프도록 이해됐고 고의 아이를 낳음으로써 빚을 갚고 깔끔하게 끝내고 싶은 마음도 있었다. 그런데 충분한 보상은 구체적으로 얼마일까?

'그 돈을 내 아이를 키우는 양육비로 보탤 수 있다면 좋을 텐데.'

아니, 그런 단순한 문제가 아니라는 사실은 알고 있다. 차라리 조용히 해외 정자은행에서 정자를 돈 주고 사는 편이 나았을까? 하지만 됨됨이를 잘 아는 사람이 더 좋다고 판단했다. 게다가 정자 제공자에게 어떤 불이익도 없다. 복잡한 생각을 안고 역 개찰구를 통과하려던 순간, 허리 뒤쪽을 강한 충격을 받고 앞으로 쓰러졌다. 어느 유명한 중학교 입시 전문 학원의 가방을 메고 개찰구를 쏜살같이 빠져나가는 남자아이의 뒷모습이 시야에 들어왔다. 괜찮으냐고 묻는 고의 부축을 받아 자세를 바로잡았다.

시각은 밤 10시 가까이였다. 이 시간까지 학원에서 공부하고 전철로 집에 가다니. 도쿄 아이들은 참 힘들겠다는 생각과 어디까지나 자전거를 타고 달려갔던 초등학생 시절의 자신을 연달아 떠올렸다. 중학교 입시는 공립학교에 적응하지 못한 특별한 아이들이나 하는 줄 알았다. 새삼 시골에서 자랐다는 사실을 실감했다.

"초등학교 때 학원 다녔어?"

도쿄 출신인 고에게 묻자 의외의 대답이 돌아왔다.

"안 다녔어. 그땐 배드민턴에 빠져 있었거든."

어린 시절 이야기를 한참 떠들다가 서로 웃었다.

"우리, 아마도 이제 그 애보다 걔네 부모님 나이에 가까울 텐데. 계속 애들 관점으로만 얘기하네."

어린 시절은 이미 경험했지만 부모는 경험하지 못했으니 어쩔 수 없다.

"있잖아, 왜 고는 아이를 갖고 싶다고 생각했어? 원래 아이를 좋아했나?"

그렇게 묻자 고는 잠시 침묵하다 중얼거리듯 말했다.

"유카는 왜 아이를 낳았냐는 질문을 받는 일이 없겠지."

"없겠지. 그런 거니까."

"우리는 남들과 다르니까 설명을 바라겠지, 앞으로도 계속."

"이유 같은 건 없어. 그냥 갖고 싶으니까. 그게 전부지, 뭐."

"그래, 그냥 갖고 싶으니까. 그게 전부야."

아키는 아이를 갖고 싶다는 마음의 이면에 지금 다니는 형편없는 직장을 없던 일로 하고 새로운 단계로 나아가고 싶다는 욕구가 있었다. 고도 그 사실을 알고 있고 아키는 고가 스나 씨와의 관계를 더 굳건히 하고 싶어서 아이를 원한다는 사실을 알고 있다. 우리는 서로 그런 마음에 죄책감을 느꼈다.

일이 만족스러워서 지금은 아이를 원하지 않는다는 말은 받아들일 수 있지만 일이 잘 안 돼서 지금 아이를 원한다는 말은 왠지 나쁘게 느껴지는 이유는 무엇일까.

"그리고 아이를 키우다 보면 의미를 찾게 될 수도 있잖아."

"그거 좋네."

무언가를 원한다는 마음이 순도 100%일 리는 없다. 아이를 갖고 싶다는 것이나 가구를 갖고 싶다는 것, 옷을 갖고 싶다는 것도 무언가를 채우고 싶다는 마음에서 비롯된 것이다. 그 욕구에 귀천은 없다. 그럼에도 우리는 죄책감을 느꼈다. 그 죄책감의 정체를 고민해야 한다는 사실 자체도 불쾌했다.

아까 학생과 부딪친 허리 쪽이 둔하게 아팠다.

'망할 꼬맹이 같으니.'

집에 돌아오니 동거인 셋이 모두 거실에서 느긋하게 쉬고 있었다. 빈 용기와 식기가 어지럽게 흩어져 있는 광경을 보니 각자 일을 마치고 적당히 주문한 저녁을 먹은 직후인 듯했다. 카노코는 술을 마시지 않은 듯하니 아마도 이따가 다시 일을 할 수도 있다.

그동안 혼자만 출근을 강요받고 세 명은 재택근무를 하는 상황이 서럽고 견디기 힘들었다. 하지만 하루 종일 집에서 나가지 않은 듯한 세 사람의 모습을 봐도 놀라울 만큼 마음이 평온했다.

'왜냐하면 나는 방금 정자를 주입하고 왔으니까.'

이 벅찬 기분을 세 명에게 말하고 싶지만 그럴 수 없었다. 갈 곳 없는 답답함을 품은 채 냉장고에서 하이볼 캔을 꺼내 소파의 빈자리에 앉았다. 텔레비전에서는 자동 재생 설정이 되어 있는지 유튜브 영상이 계속 재생되고 근육질 유튜버가 근육을 생성하는 식재료를 소개하고 있다.

요가 매트에 누워 있던 유리코가 스마트폰에서 눈을 떼며 별로 관심 없는 듯한 표정으로 어디에 갔다 왔냐고 물었다.

"대학교 세미나 동기랑 술 마시고 왔어."

이제는 민낯이 더 익숙해졌지만 다시 보니 얘가 원래 이런 얼굴이었나 싶은 생각이 들었다.

'약간 살이 빠졌네. 아닌가, 쪘나?'

아직 따로 살며 주말마다 술을 마시러 다니던 시절에 오히려 서로의 체형 변화나 새로 산 옷을 더 민감하게 알아챘던 것 같다. 평소 방 안에 놓인 가구를 주의 깊게 보지 않는 것처럼 함께 살기 시작한 이후로는 오히려 동거인들의 외모가 흐릿해진 느낌이었다.

유리코는 과거에 출산은 관심이 없다고 분명히 선언했다. 소파 반대편에서 양반다리를 하고 멍하니 앉아 있는 미오는 난소 질환이 발견된 후 유리코네 회사의 지원을 받아 난자를 냉동했지만 출산에 관한 명확한 계획이 있는지는 모르겠다. 식탁에서 만화를 읽는 카노코는 항상 만화 작업에 쫓기느라 그런 것을 생각할 여유가 없어 보였다.

오늘 주입한 정자가 수정되어 아이가 무사히 태어난다면 이 네 사람의 동거 생활은 끝난다. 너무나도 당연한 사실에 새삼 놀랐다. 특별히 기간을 정하지 않은 이 동거가 끝나는 날이 온다면 그 계기를 만드는 사람은 틀림없이 자신 외의 다른 사람일 것이라고 막연히 상상했다. 아키는 어릴 때부터 분위기를 잘 맞추지만 결단력은 약했다.

넷 사이에 특별한 대화는 없었고, 유튜브는 헌신적으로 자동 재생을 이어 갔다.

네 명의 동급생이 모여 있어도 평소에 보는 유튜브 채널은 제각각이었다. 네 명의 잡다한 시청 성향을 학습한 계정은 결혼 후 핀란드로 이주한 여성이 북유럽의 삶을 만끽하는 브이로그를 틀기 시작했다.

"좋겠다, 북유럽. 이런 생활 말이야."

유리코가 중얼거리자, 미오도 맞장구쳤다.

"그러게."

"솔직히 지금 와서 일본을 떠날 용기는 없지만 앞으로 일본에 남아 있어도 별로 희망이 없다는 생각만 들어. 역시 북유럽은 육아도 편할까? 세금은 엄청 많이 낸다던데."

"잠깐, 미오는 해외에서 아이 키울 생각이야? 냉동한 난자로?"

미오의 입에서 육아라는 말이 나오는 바람에 자신도 모르게 적극적으로 질문하고 말았다. 난자 냉동을 결심한 미오가 출산에 대해 어떻게 생각하는지 굳이 물어보지는 않았지만 사실 아키는 그점이 무척이나 궁금했다.

"아니, 그런 열정은 없지. 난 영어도 제대로 못 하잖아. 이 사람처럼 현지인이랑 결혼한다면 또 얘기가 다르겠지만."

파트너가 있어도 쉽진 않을 거야. 서로 맞장구치며 화면을 바라봤다. 북유럽으로 이주한 유튜버는 이른 아침에 일어나 빵을 굽고 호수에서 수영을 한 뒤 고양이가 있는 방에서 원격 근무를 시작했다. 마치 정성을 들인 삶의 풀옵션 같다고 생각했다.

"선택지를 늘리려고 난자 냉동을 하긴 했지만 정작 아이가 태어나고 싶어 하는지 모르잖아."

미오의 말을 바로 이해하지 못한 내가 "무슨 뜻이야?"라고 되물었다.

"내 아이가 태어나지 말아야 했다는 생각을 안 하게 키울 자신이 없어."

"그건….”

'나는 태어나서 다행이었는데.’

반사적으로 그렇게 말하려 했지만, 입 밖으로 내기 전에 정말 태어나서 다행이었는지는 아직 모른다는 생각이 들어 입을 다물었다. 우리 나름대로는 잘 지냈다고 여기지만 그래도 어쩔 수 없이 기분이 가라앉는 밤과 아침이 있으니까. 앞으로 몇십 년을 회사에 다녀야 하는 나날 속에서 얼마나 제정신을 유지할 수 있을지도 알 수 없고. 아이가 태어나면 그 아이를 위해 열심히 살아갈 수 있다고 믿고 싶다. 하지만 아이는 내 삶의 동기를 위한 도구가 아니다. 무엇보다 그런 환경에서 태어난 아이는 도대체 무엇을 동기로 살아가야 할까?

같은 세대 유명인의 부고가 점점 익숙해졌다. 처음에는 그저 놀라고 동요했지만 익숙했던 배우나 아티스트가 연이어 세상을 떠나자 방어 본능으로 마음이 무뎌졌다. 가능한 한 아무것도 느끼지 않기 위해. 구체적으로 상상해서 마음이 끌려가지 않기 위해. 죽은 이들에게 공감하는 것이 두려웠다.

유카가 떠올랐다. 유카에게는 아이의 존재가 살아가는 이유였을까. 하지만 유카는 일이 잘 풀리고 모리타도 있으니 굳이 살아갈 이유를 고민할 필요가 없는 삶일지도 모른다.

우리는 서로를 소중히 여기지만 얘네가 있어서 죽을 수 없다고 생각하는 사람은 아마 한 명도 없을 테다. 고작해야 죽을 때는 얘네에게 최대한 폐를 끼치고 싶지 않다고 생각하는 수준이다. 역시 우리는 기존의 가족보다 결속력이 약한 것 같기도 하지만, 오히려 이 정도가 더 건강한 관계라는 생각도 들었다.

화면 속 유튜버가 영상 끝에 읊조렸다.

[북유럽의 겨울은 춥고, 길고, 어둡습니다.]

"그건 싫겠다."

유리코가 맞장구를 치듯이 말했다.

고하고는 배란 주기에 맞춰 한 달에 한 번 정도 만났다. 정자를 주입한 뒤, 서로 준비해 온 디저트를 러브호텔에서 함께 먹는 행위가 어느새 우리만의 관례가 됐다. 객실에 비치된 주전자와 티백으로 우린 홍차 맛에서 언젠가부터 설명할 수 없는 안정감을 느끼게 됐다.

그토록 견딜 수 없다고 생각했던 직장도 임신을 준비하기 시작하자마자 신경 쓰이지 않았다. 그곳에서 일어나는 모든 일들이 나와는 관계없는 먼 나라의 일처럼 느껴졌고 성가시게 구는 아저씨들도 그저 불쌍한 몬스터라고 생각할 수 있게 됐다. 정해진 근무시간 동안 자리에 앉아 있기만 하면 정직원으로 인정받고 매달 급여를 받는다. 거기에 복지 혜택까지 누릴 수 있다면 그것으로 충분하다고 생각했다. 보람도, 높은 급여도, 재택근무 허가도 딱히 필요하지 않았다. 방금 질에 주입한, 아직 형체를 갖췄을지조차

187

알 수 없는 내 아이를 떠올리면 그 외의 모든 것은 아무래도 좋았다. 어쩌면 나는 하루라도 빨리 이런 감정을 느끼고 싶었을지도 모른다. 아이를 가져서 다른 단계 나아가고 싶다고 생각했지만, 사실은 그저 무대에서 내려오고 싶었을 뿐일지도 모른다. 내가 주인공인 인생에는 질렸으니까. 그렇게 다음에는 내 아이를 무대에 올리는 것이다. 그 아이가 무대에 오르고 싶어 하는지는 알 길이 없지만.

아이가 태어나고 싶어 하는지는 알 수 없다는 미오의 말이 계속 머릿속에서 떠나지 않았다. 사전에 확인할 방법이 없다고 해도, 이렇게 험난한 인생이라는 콘텐츠를 강제로 시작하게 해도 될까? 나는 생각이 짧다고 비난당할까?

고가 근처 카페에서 포장해 온 카눌레를 침대에 엎드린 채 우물거리며 먹었다.

고는 전날 스나 씨와 가벼운 말다툼을 했는지 드물게 투덜거리고 있었다. 스마트폰에 무언가를 입력하다가 베개에 얼굴을 파묻었다.

"아, 진짜!"

대학 시절, 세미나에서 연애나 과제 역할 분담을 계기로 몇 차례 유치한 다툼이 있었지만 고는 결코 감정적으로 행동하지 않았다. 그것은 인격이라기보다는 미적 감각의 문제였는지 미소를 띤 채 속 좁게 행동하는 친구들을 약간 비웃는 듯한 표정을 짓던 모습이 인상적이었다. 그런 고의 냉소적인 태도에 매료되거나 호감을 품던 여자들도 몇몇 있었다. 그중 한 명은 나와 고의 친밀함을 질투하며 나를 괴롭히기도 했던 기억이 났다.

"처음 만났을 때부터 나만이 스나 씨를 진심으로 이해할 수 있다고 생각했어. 그리고 그건 지금도 변함없어. 하지만 날이 갈수록 우린 너무 다른 사람이라는 걸 절실히 깨닫게 돼. 우리가 즐겁다고 느끼는 순간은 비슷한데 고통을 느끼는 지점이 너무 달라. 스나 씨는 어떤 면에서는 과잉인 사람인데 나는 부족한 사람이고. 그런 결정적인 차이 때문에 언젠가 돌이킬 수 없는 일이 생길 것 같아."

평소 같았으면 스나 씨의 이야기를 듣는 사이에 아키도 자연스럽게 동거인들 이야기를 꺼냈겠지만 오늘은 그럴 분위기가 아닌 듯했다. 어쩔 수 없이 카눌레를 최대한 천천히 씹으며 홍차를 입에 머금는 데에만 집중했다.

"내가 가장 고통스럽다고 느끼는 부분을 스나 씨는 훈련이 부족할 뿐이지 충분히 극복할 수 있는 문제라고 생각해. 스나 씨가 절대 양보 못 하는 부분을 나는 자꾸 촌스럽다고 느끼고. 우린 서로 타협할 수 없나 봐."

동거인들의 얼굴이 떠올랐다. 셋은 무대에서 내려오고 싶어 하는 순간이 없을까? 나보다 훨씬 보람찬 삶을 살고 있는 친구들. 설령 아이가 생긴다고 해도 걔네는 무대에서 내려오지 않고 계속 주인공으로 남을 수 있는 여자들이라고 생각했다.

고는 천장을 바라보며 누운 채 두 손으로 얼굴을 감쌌다가 천천히 이쪽으로 돌아누웠다. 긴 앞머리가 살랑거리며 선정적인 느낌을 풍겼다.

"아, 뭔가 지금… 10년 만에 섹스를 할 수 있을 것 같아"

고가 말했다.

아키의 머릿속에서는 즉시 '아, 뭔가 지금… 10년 만에(여자애랑) 섹스를 할 수 있을 것 같아.'라는 보충 자막이 마치 유튜브YouTube 영상처럼 흘러갔다. 고는 "할 수 있을 것 같다."라고 말했을 뿐 실제 선택은 명백히 아키에게 맡겼다. 결정을 맡긴 눈동자가 지금까지 본 것 중 가장 야했다. 입안에 남아 있던 카눌레를 최소한의 움직임으로 삼켰다.

섹스는 하지 않더라도 정자를 주고받고 있는 우리 사이가 좋아하느냐 싫어하느냐로 따지자면 당연히 좋아하는 쪽에 가까운 관계였다.

아키는 손닿는 곳에 놓인 섹스라는 옵션을 바라보며 지금까지 희미했던 욕망의 화력이 갑자기 세차게 타오르는 것을 느꼈다. 그러나 섹스=배란기 요법으로 머릿속에서 변환되는 바람에 갑작스럽게 의욕이 사라졌다. 만약 오늘 주입한 정자로 임신하게 된다면 주사기 요법인지 아니면 배란기 요법 덕분인지 알 수 없어지는 상황이 싫었다. 순간적인 충동으로 임신하는 것이 아니라 철저한 주사기 요법으로 수정하고 싶었다. 불필요한 감정을 배제하고 싶었다. 성욕이 아니라 아이를 낳기 위한 합리적인 수단으로 착상했다는 점을 아이에게 설명할 기회는 영원히 오지 않겠지만 그렇게 하고 싶었다.

욕망을 떨치려는 듯 힘차게 일어나 가볍게 기지개를 켜며 농담처럼 말했다.

"오늘은 뭔가 임신할 거 같은 기분이 드는데?"

"아키는 지난달에도 그렇게 말했잖아."

고가 어이없다는 듯 대꾸하고는 똑같이 기지개를 켜고 돌아갈 준비를 시작했다. 당연히 고는 더 이상 섹스 쪽으로 유도하지 않았다. 그 점이 조금 씁쓸했다.

임신 테스트기에 양성 반응이 나타난 것은 몇 달 후였다. 내게는 연애운이나 직장운이 없었지만 임신운은 있었던 모양이다.

억지로 예약한 산부인과 의사로부터 공식적인 임신 진단을 받았다. 병원을 나서며 하늘을 올려다보니 몸이 떨렸다. 드디어 이 답답한 무대에서 내려올 수 있다.

병원을 나와서 먼저 고에게 연락하려고 스마트폰을 꺼내 들었다. 그때 마침 그쪽에서 전화가 걸려 왔다. 그 절묘한 타이밍에 운명 비슷한 무언가를 느꼈다. 이 사람을 만나 다행이라는 생각에 어렴풋이 차오르는 눈물을 참으며 전화를 받자마자 고의 목소리

191

가 들렸다.

[아, 아키? 나 코로나 걸렸어! 그러니까 다음 주엔 못 만나. 미안해. 시기적으로 보면 너는 밀접 접촉자에 해당하지 않을 것 같긴한데, 그래도 걱정되면 검사해 봐.]

고의 말을 다 듣기도 전에 외치듯 말했다.

"고, 나 임신했어!"

[뭐? 진짜? 축하해!]

"고마워, 진짜 여러모로….."

축하한다는 그 단순한 말이 마른 목을 적셔 주는 이온 음료처럼 아키의 온몸에 스며들었다. 앞으로 많은 사람에게, 다양한 상황에서 임신 경위와 앞으로의 계획을 설명해야 할 아키는 아무런 설명이 필요 없는 상대가 아무것도 따지지 않고 축하해 준다는 사실이 진심으로 기뻤다. 임신을 진단한 의사조차 축하한다고 말하지 않았다. 문진표에 '미혼'과 '혼인 예정 없음'에 표시했기 때문일까.

그 후 발열 진료소에서 받은 PCR 검사에서도 양성 판정을 받은 아키는 신속히 호텔 격리를 신청했다. 고와의 마지막 만남은 3주 전이니 감염원이라고 보기는 어려웠다. 동거인들도 외출 자제를 완벽하게 지키지는 않았지만 대부분 재택근무였으니 아마 직장이나 출퇴근 중에 감염된 듯했다.

운전석과 뒷좌석 사이가 칸막이로 나뉜 감염 환자 이송 차량에 실려 격리처인 APA호텔에 도착했다. 룸에 들어온 아키는 짐을 대충 정리한 뒤 침대에 몸을 눕혔다.

무증상 감염인 줄 알았는데 서서히 체온이 오르기 시작했다. 37.8℃를 가리키는 체온계를 침대 옆 테이블에 던져놓고, 손을 아랫배 위에 올린 채 눈을 감았다.

앞으로 열흘 가까이 이 고요한 방에서 아키는 자신의 아이와 단둘이 지낸다. 예정일은 아직 8개월이나 남았고 무사히 태어나면 그 후에도 오랜 함께할 터였다. 그러나 이상하게도 아키는 이 열흘이 아이와 단둘이 보내는 처음이자 마지막 시간처럼 느껴졌다.

'자, 우리는 앞으로 어떻게 해야 할까….'

구체적으로 생각해야 할 일들이 산더미처럼 쌓여 있었다. 앞으로 처리해야 할 무수한 비교와 검토, 결정들을 떠올리자니 어지러워졌다.

중요한 결정을 앞둔 순간마다 아키는 이전 직장을 그만두기로 결심했던 날을 떠올리고는 했다.

룸 셰어를 시작한 지 얼마 되지 않았던 그날도 갑작스러운 부서 회식에 끌려간 아키가 2차에 갈 사람을 찾는 목소리를 피해 서둘러 집에 도착했다. 동거인들은 큰 프로젝트를 끝냈다는 유리코를 필두로 술을 퍼마시며 거실에서 미친 듯이 춤을 추고 있었다. 그것은 도저히 참기 힘든 광경이었다. '왜 금요일 밤인데 셋 다 집에 있는 거야! 나도 바로 집에 오고 싶었어!'라는 마음에 눈물이 날 것만 같아서 큰소리를 냈다.

"멋대로 춤추지 마!"

아키의 상태가 이상하다는 사실을 눈치챈 카노코가 무슨 일이냐고 말을 걸어서 간신히 대답했다.

"회사 회식에서 별로 친하지도 않은 아저씨가 '너답지 않다.'라고 해서 완전 열 받았어!"

이야기를 다 들은 카노코는 취객 특유의 큰 목소리로 떠들었다.

"알았어, 알았어! 그러면 기분 전환으로 게임 하자! 아키답지 않은 말은 뭐가 있을까?"

미오와 유리코도 신나서 주먹을 흔들었다.

"그러면 나부터 할게! 날마다 성장!"

카노코가 외쳤다.

'그런 말 안 해!'

박자에 맞춰 짝짝 박수를 치자 유리코가 다음 타자로 나섰다.

"팥앙금 맛있어!"

그건 확실히 싫어하지! 짝짝 박수 소리 다음에 미오가 외쳤다.

"싱크대 물때를 당장 청소하고 싶어!"

'그건 네 바람이잖아!'

분노하는 사이에 박수 박자에 맞춰 자신의 차례가 돌아왔고 머리가 하얘진 나머지 양손을 들고 외쳤다.

"일이 삶의 보람!"

그 순간 상쾌해진 마음으로 이직을 결심했다.

'이직하고 싶다, 이직하자. 이직해야지, 이번에야말로 진짜로, 가능한 한 신속하게!'

침대 위에서 몸을 웅크린 채 킥킥거리며 그때를 떠올리고 웃었다. 넷은 이유도 모른 채 웃어 댔다. 어쩌면 지금이 다시는 손에 넣을 수 없는, 내 인생에서 가장 행복하고 충만한 순간이 아닐까 생각했다. 그때는 정말 그렇게 생각했다.

아마 그 감각은 앞으로도 계속 덧씌워질 것이다. 앞으로의 인생에서 그 순간을 뛰어넘는 행복을 만나지 못하면 어쩌나 진지하게 고민했다. 하지만 그 후에도 친구들과의 소란스러운 나날 속에서 지금이야말로 완벽히 충만한 순간이라고 생각하게 되는 순간이 몇 번이나 있었다.

그런 순간이 이 아이의 삶에도 가능한 한 많았으면 좋겠다.

업무의 눈부신 성공이나 사랑의 불타는 순간과는 인연이 없는 인생이었다 해도 어쩔 수 없이 소중하다고 느껴지는 순간이나, 나는 이런 순간을 위해 살아 있었다는 생각에 주저앉게 되는 순간이 이 아이에게도 가끔씩은 있었으면 좋겠다.

내가 강제로 시작한 이 인생이라는 콘텐츠를 이 아이가 더 잘 살아가기 위해 나는 대체 무엇을 할 수 있을까?

아키는 천천히 일어나 가져온 노트북을 열고 파워포인트를 실행했다.

☆

줌의 화면 공유를 종료하자 축소되어 있던 동거인들의 얼굴이 화면에 다시 나타났다. 4분할로 표시된 동거인들을 향해 어떻게 생각하느냐고 물었다. 오늘 회의는 거실이 아니라 각자의 방에서 개별적으로 참여해 달라고 미리 요청했다. 세 사람이 거실에서 같은 분위기를 공유하면 이쪽이 너무 불리하다고 판단했기 때문이다. 하지만 이렇게 화면을 통해 서로 마주하니 쓸데없는 대화가 사라져서 오히려 회의라는 형태를 갖출 수 있다는 장점을 새롭게 발견했다.

카노코는 곤란한 듯 머리를 감싸 쥐고 있었고 유리코는 키보드를 두드리며 뭔가를 검색하고 있었다.

처음으로 입을 연 사람은 미오였다.

[음, 정자 제공자랑 앞으로의 양육 관련 권리나 비용에 대해 어떻게 정리했어?]

평소와 달리 장난기가 전혀 없는 표정에 바짝 긴장했다.

"그 사람하고는 앞으로도 지금처럼 친구 관계를 유지할 생각이지만 아이 양육에 대한 책임은 일절 요구하지 않을 거야. 그쪽은 어디까지나 제공자니까."

[계약서 같은 문서를 작성하는 게 좋지 않을까? 어떤 문제가 생길지 모르니까.]

"그래. 출산 전까지 전문가랑 상담해 볼게."

고하고는 나도 코로나 양성 판정을 받았다는 소식을 전한 뒤 '둘 다 고생이네! 그리고 나 스나 씨랑 헤어졌어.'라는 메시지를 받고 연락이 끊겼다. 두 사람이 헤어진 지금 우리 아이를 낳아 달라던 약속은 없던 일이 될까? 어깨의 짐이 내려간 듯한 안도감과 협력자를 잃은 불안감이 뒤섞였다.

카노코와 유리코는 아무 말 없이 가만히 듣고 있는 가운데 미오가 말을 이어 갔다.

[그리고 있잖아, 다들 어렴풋이 생각하고 있을 테니 내가 대표로 말할게.]

"응."이라고 대답하며 반사적으로 자세를 바로잡았다.

[이런 프로젝트를 기획하려면 말이야, 임신 계획을 세우기 전에 제안하는 게 순서잖아. 이미 생겨 버렸으니 말 그대로 프로젝트가 시작돼 버린 상황이라고. 진짜 너무 치사해. 게다가 우리는 동료도 아니고, 거래처도 아니고 친구잖아. 못 하겠으니까 나가 주세요, 혼자 열심히 키우세요, 그래도 가끔 안아 보게는 해 주세요… 같은 말을 어떻게 해. 월 2만 엔의 지원이 부담이 아니라고 하면 거짓말이지만 어쨌든 낼 수 있는 금액이라는 것도 알잖아. 우리 꽤 오래 알았지만 이번만큼은 정말로 뻔뻔하다.]

"응, 미안."

그렇게 솔직히 사과했다. 그렇다. 네 명 중에서 지금까지 줄곧

나는 원래 뻔뻔함을 담당하는 사람이 아니었다.

[아니, 사과하게 해서 미안해… 그리고 늦어져서 미안해. 하지만 축하해.]

미오가 그렇게 말하자 카노코와 유리코도 그제야 생각난 듯 축하한다며 축복의 말을 건넸다. 앞으로도 첫마디에 조건 없는 축하를 받을 일은 거의 없을 거라는 생각을 하니 고의 존재가 그리워졌다.

[난 그 계획에 찬성할게. 나도 부모가 되고 싶어.]

유리코가 한 손을 들고 선언했다.

[나는 아이가 있는 삶에 관심은 있지만, 커리어나 심신의 부담을 생각하면 출산이라는 행위 자체는 너무 싫었거든. 그런데 아키가 대신 해 준다면 딱 좋지. 돈이라면 낼게. 물론 무통 분만으로 낳아 줘. 나는 우리 넷 중에서 부모로서의 자질이 제일 없는 사람이라고 생각해. 어쩌면 무신경하고 배려심도 없고 윤리관이 박살나서 바람이나 피우는 최악의 인간일지도 모르지만 4분의 1만 부모가 되면 왠지 괜찮을 것 같아. 월 2만 엔이 아니라 4만 엔을 낼테니까, 내가 잘할 수 있는 부분을 책임지게 해 줘. 그러면 조금은 괜찮은 부모가 될 수 있을 것 같아.]

"유리코, 고마워."

유리코의 말에 진심으로 안도했다. 화면으로 들어서 다행이었다. 만약 그 자리에서 직접 들었다면 이 감정의 고조를 억누르지

198

못했을지도 모른다.

[수입도 있고 남자에게 집착하지 않는 여자는 강하네.]

쓸쓸하게 웃는 카노코의 중얼거림을 유리코가 장난스럽게 받아쳤다.

[겁먹었어?]

"맞아, 당연히 겁먹었지. 오히려 전혀 겁을 안 내는 너한테 놀랐다고."

[나는 카노코가 제일 먼저 찬성할 줄 알았는데. 예전에 말했잖아. 진짜 가족이 되고 싶다느니, 다 같이 아이를 키우고 싶다느니. 오히려 이런 얘기는 카노코가 먼저 꺼낼 줄 알았어.]

[아니, 물론 넷이 아이를 키울 수 있다면 멋진 일이지. 그건 그렇지만….]

카노코는 말을 잇지 못했다.

[뭔가 우리는 아직 서른도 안 됐는데, 너무 앞서 가면서 많은 걸 포기하고 있는 것 같아….]

'카노코는 내가 뭔가를 포기했다고 느끼나?'

강렬한 위화감에 압도당했다. 나는 남자와 연애하고 결혼하고 출산하는 이야기는 전혀 원하지 않고 나와 맞지 않는 가치관이라고 충분히 설명했다고 믿었다. 그런데 전혀 전해지지 않았나?

[그래? 나는 오히려 많은 걸 손에 쥐는 것 같은데.]

힘없이 고개를 떨군 카노코에게 미오가 단호하게 말했다.

[친구들과의 생활. 아이. 일. 전부잖아! 우리 엄청난 욕심쟁이 아니야? 난 지금 진심으로 신나. 우리 넷이 아이를 가진다니… 드디어 진짜 가족이 되는 거잖아.]

그동안 회의적인 입장이었던 미오가 갑자기 태도를 바꿔서 카노코를 설득했다. 아키는 당사자면서도 제삼자처럼 그 광경을 지켜보고 있었다.

이유는 알 수 없지만 카노코가 유타와 헤어진 후 미오가 카노코에게 강한 집착을 보이기 시작했다. 카노코는 그 사실을 눈치채지 못했을지도 모르지만, 최소한 아키의 눈에는 분명히 그렇게 보였다. 카노코가 유타와 교제할 때도 네 사람은 여전히 함께 어울렸다. 하지만 카노코는 항상 마음의 큰 부분을 유타에게 의지했다. 미오는 안정적인 파트너십에서 벗어나 우리 사이에서 무너졌다가 신나게 웃기도 하는, 있는 그대로의 카노코를 계속 자기 곁에 두고 싶어 했다.

아키는 카노코가 여기서 혼자 발을 뺄 수 있는 여자가 아니라는 사실을 이미 알고 있었다. 카노코는 언제 어떤 상황에서도 다른 세 사람이 적극적으로 나설 때, 단 한 번도 빠진다고 말한 적이 없다. 늘 주변 분위기에 휩쓸리기 쉬운 응석받이 같은 여자다.

그래서 아키는 이 순간 자신의 프레젠테이션이 성공했다고 확신했다.

만약 카노코가 겁을 먹고 물러서려 하면 미오가 화를 내며 다시 끌어올릴 테니까. 사실 미오도 이번 일에 확신이 없을 것이다. 하지만 카노코가 얽힌 문제 앞에서는 항상 냉정을 잃었다.

[너무 앞서 가면서 많은 걸 포기하고 있는 것 같아.]

카노코는 그렇게 말했다. 카노코가 여전히 남자와 평범하게 연애하고, 결혼하고, 출산하는 계획을 바라고 있기 때문에 '포기'라는 말이 나오지 않았을까? 만약 마음속으로는 그쪽 계획을 원한다면 이번 제안에는 동참하지 않는 편이 낫지 않을까?

나는 교활하게도 미오가 카노코를 설득하려 애쓰는 모습을 말없이 지켜봤다. 카노코는 한번 흐름에 휩쓸리면 결국 기분 좋게 이 생활에 적응하며 살아갈 것이다. 지금 괜히 찬물을 끼얹어서 카노코가 빠지면 미오까지 이 계획에서 손을 뗄 것만 같았다.

나는 유리코를 신뢰하지만 단둘이 아이를 키워 나가기에는 마음이 놓이지 않았다. 아키의 계산에 따르면 이 특이한 형태의 육아에는 네 사람의 힘이 필요했다. 게다가 유리코가 불쑥 드러내는 약간의 냉정함이나 무심코 내세우는 강자의 논리에 1 대 1로 대처하기는 버거웠다.

미오가 적극적으로 나서자 카노코는 당황한 눈치를 보였지만 결국 그리 나쁘지 않다는 기색을 보이기 시작했다.

[그렇구나, 우리 이제 드디어 가족이 되는구나….]

미오는 아마 카노코가 듣고 싶어 하는 말을 뻔히 알고 있을 것이다. 카노코는 감수성이 풍부하지만 단순해서 완벽하게 카노코를 연구한 미오에게 설득 따위는 식은 죽 먹기였다.

[생각해 봐. 우리가 키우는 아이는 분명히 최고로 재미있는 아이가 될 거야.]

[맞아…. 아키의 육아가 잘되는 것 같으면, 나도 아이를 낳아 볼까 싶네?]

카노코가 마침내 얼굴에 미소를 띠며 말하자 미오가 만족감에 은근히 미소를 짓는 것이 보였다.

"그래. 카노코도 낳고 싶어지면 낳으면 돼. 카노코가 만화 작업에 집중할 수 있도록 내가 힘낼 테니까."

카노코를 부추기면서도 아키의 마음은 지금까지의 삶 중에서 가장 고요했다. 이제야 겨우 무대에서 내려올 수 있다고 안도했다. 하지만 친구들과 함께 있으면 여전히 춤추며 무대 위에 있어야 한다는 사실을 깨닫고 마음 깊은 곳에서는 오싹한 기분이 들기도 했다.

책상 아래에서 조용히 배를 쓰다듬으며 아키는 사랑스러운 배속 아이에게 속삭였다.

'최고로 재미있는 아이가 되지 않아도 괜찮아.'

6

여자와 여자와
여자와 여자

에마에게는 네 명의 어머니가 있다. 어머니들은 20대 후반부터 함께 살기 시작했고 몇 년 후에는 언니 아사가 태어났으며 또 몇 년이 뒤에 에마가 태어났다.

　네 명의 어머니 중 한 명이자 에마의 생모인 카노코는 꽤 이름이 알려진 만화가다. 그녀는 3년 전 아사를 데리고 연인이 사는 파리로 이주했다. 에마도 함께 가겠냐는 질문을 받았지만 열심히 공부해서 갓 입학한 중고등 통합 학교에 다니기 시작한 참이라 일본에 남기로 했다.

　순정 만화가였던 카노코의 이름이 널리 알려진 계기는 여성 네 명의 룸 셰어를 그린 에세이 만화 덕분이었다. 네 명의 여성이 함께 살게 된 계기부터 정자 기증으로 태어난 두 아이를 키우는 이야기까지 적나라하게 담은 이 시리즈는 새로운 가정의 형태를 제시하는 획기적인 작품으로 주목받았고 드라마로도 제작됐다(영화는 망했지만 어째서인지 핀란드에서 리메이크되어 꽤 반응이 좋았다고 한다). 〈여자와 여자와 여자와 여자〉라는 제목의 그 만화를 에마는 어린 시절부터 여러 번이나 읽었다.

자신과 언니의 출생에 관한 이야기도 어머니들에게 직접 들은 것이 아니라 만화로 알게 됐다. 친한 남자 친구로부터 정자 기증을 받은 아키가 아사를 낳았고, 해외의 정자 은행에서 정자를 구입한 카노코가 에마를 낳았다. 어린이집에 다니던 시절의 에마는 자신의 출생이 얼마나 독특한지 잘 몰랐다. 자신처럼 옅은 색 머리카락을 가진 여자아이에게 너도 정자은행으로 태어났냐고 물었다. 그런데 어머니들이 상대 부모로부터 돈으로 산 당신네 아이와 우리 아이를 비교하지 말라며 심하게 항의를 들었다고 한다.

에마의 출생과 가족 구성은 세상에 공개되어 있지만 일상생활에서 불쾌한 경험을 하는 일은 그다지 많지 않았다. 과거에는 화제가 됐지만 〈여자와 여자와 여자와 여자〉는 에마보다 조금 윗세대에 유행한 작품이었기에 같은 반 친구들은 거의 몰랐다. 가끔 나타나는 정체불명의 어른들에게 불쌍한 취급을 받는 일이 없지는 않았지만.

학교에는 인터넷에서 화제가 된 아이들이나 연예 활동을 하는 아이들(혹은 그 가족들)이 여러 명 있다. 카노코보다 팔로워가 훨씬 많은 이 아이들이 매일 일으키는 문제나 소문을 따라가느라 다들 바빴다. 에마는 오래전에 유행했던 콘텐츠의 일부에 불과했고 실시간으로 화제가 되거나 논란이 되는 일도 없었다.

게다가 카노코의 만화는 여성들 간의 룸 셰어 에세이지 육아 에세이는 아니었다. 이야기의 주인공은 어디까지나 네 명의 어머니들이었다. 가명을 사용하는 등 약간의 각색이나 픽션이 들어갔지만 네 명의 어머니는 실제 인물에 충실하게 그려졌다. 반면, 자녀인 에마와 아사에 대해서는 출생 경위와 배경만 묘사되었을 뿐 개별적인 성장 과정이나 성격에 대해서는 거의 다뤄지지 않고 최소한만 등장했다. 작품에서 묘사된 것은 '어머니들이' 어떻게 육아를 분담하고, '어머니들의' 삶을 어떻게 유지했는가에 관한 이야기뿐이었다.

어렸을 때, 만화 속에서 자신이 표정 없는 엑스트라처럼 그려진 것을 이해할 수 없었던 에마는 카노코에게 자기 이야기도 만화에 그리면 안 되냐고 조른 적이 있다. 그러자 카노코는 아무렇지도 않게 대답했다.

"네가 직접 그리면 되잖아?"

카노코의 대표작은 〈여자와 여자와 여자와 여자〉였다(엑스트라라고는 해도). 당사자인 에마가 재미있는지 객관적으로 판단하기 어려운 그 에세이 만화보다 카노코가 그린 픽션, 즉 순정 만화가 더 좋았다. 머릿속으로 여러 개의 특정 장면을 재현할 수 있고 독

백을 외우기도 했다.

카노코가 그린 순정 만화에는 종종 '절친한 여자 친구'가 등장했다. 주인공과는 패션이나 취향이 조금 다르지만 학교생활은 늘 함께하고 무슨 일이 생기면 집에 찾아가 밤새도록 연애 상담을 해줄 수 있는 세상에 둘도 없는 여자 친구다.

에마는 고등학교 1학년이다. 네 명의 어머니가 처음 만난 나이가 됐지만 미래에 함께 살고 싶을 만큼 소중한 친구를 아직 만나지 못했다. 괴롭힘의 대상이 되거나 그룹 활동에서 혼자 남는 일도 없다. 다만 에마는 단 한 번도 절친한 친구가 생긴 적이 없다.

에마에게 친한 친구는 없었지만 호감을 표시하는 여자아이는 항상 있었다. 하지만 그들은 일정한 주기로 교체됐다. 한번 누군가의 마음에 들면 이동 수업 시간에 자연스럽게 옆자리를 차지하거나, 화장실에서 자주 마주치며 거울 너머로 시선을 교환하고는 했다. 에마와 친해지려는 여자아이들은 묘하게 '어쩐지 서로 끌리는' 상황을 만들고 싶어 했다.

요즘 어울려 다니는 미레이라는 여자아이는 중학교 입시 때 어머니가 입시 정책부터 모의고사 결과는 물론 본시험 합격 여부까지 SNS에 자세히 올렸던 일에 대해 3년이 넘은 지금도 생생한 분노를 느끼고 있었다.

"우리 집처럼 책으로 출판되지 않은 게 다행이지 않아?"

한번은 에마가 농담처럼 말하자 미레이가 투덜거렸다.

"출판이나 수익화라도 되면 차라리 낫지! 우리 엄마는 돈 한 푼 못 벌고 그냥 치부랑 개인 정보를 공개했으니까 더 토 나오는 거라고!"

미레이는 그 후로도 어머니의 SNS를 꾸준히 주시할 뿐만 아니라 아이를 키우는 엄마인 척하는 계정을 만들어 종종 호의적인 댓글이나 육아 관련 질문을 올리기도 한다. 그런 모습을 보면 이쪽도 상당히 징그럽다.

에마는 정기적으로 가정환경이 복잡하다고 자칭하는 아이들의 호감을 샀다. 에마라면 자기 마음을 이해해 줄 수 있다는 착각에 빠진 그 아이들의 가족을 향한 비뚤어진 감정에 노출됐다. 하지만 에마는 가족 구성만 독특할 뿐 특별히 복잡한 감정을 갖고 있지 않기에 상대방이 멋대로 실망하는 일도 있었다.

하교 시간의 종례가 끝나면 해방감 넘치는 소란 속에서 천천히 자리에서 일어나 자연스럽게 서로 다가가 방과 후 계획을 공유했다. 에마와 미레이에게는 이 시간이 오히려 진짜 종례였다. 미레이는 오늘 어머니와 둘이 터키 음식을 먹으러 갈 예정이라며 신나게 보고했다. 날마다 심하게 다투는 것에 비해 두 사람의 관계는 꽤나 밀접했다. 이 점이 에마에게는 신기하게 느껴졌다. 에마는 생모를 포함한 네 명의 어머니와 거의 다투는 일이 없었지만 그중 한 명과 단둘이 식사하러 간 적도 없다.

이 관계는 에마와 미레이의 관계와도 비슷했다. 두 사람은 앞으로도 크게 싸울 일은 없을 것이고 밤새 연애 상담을 할 일도 없을 것이다.

"에마는 오늘도 동아리야? 운동부보다 더 열심히 연습하네."

미레이가 여러 개의 립스틱을 사용해 입술에 복잡한 그러데이션을 만들어 내는 모습을 바라보며 대답했다.

"축제 전이니까."

에마는 초등학교 4학년부터 중등부를 졸업할 때까지 합창부에서 활동했지만 고등부에는 합창부가 없어 대신 아카펠라부에 들어갔다. 한때 고등부에도 나름대로 전통 있는 합창부가 있었다. 그러나 몇 년 전 유지들이 아카펠라부를 창설한 이후로 부원이 모이지 않아 결국 동아리가 사라졌다고 한다.

"대단하다. 2학년 밴드에서 스카우트 받았다니. 하긴 노래를 진짜 잘하니까."

"아니야. 다 선배라서 눈치 보여."

기본적으로 1학년은 축제 무대에 설 수 없다. 그러나 출연할 예정이던 2학년의 인기 밴드에서 코러스를 맡은 사람이 탈퇴하면서 급히 에마가 후임으로 지목됐다.

리드 보컬을 맡은 케이토 선배는 뱀 같은 눈매가 인상적인 여성이었다. 이 사람이 나를 촌스럽다고 생각하면 정말 죽고 싶어질 것 같다고 느끼게 할 거 같았다.

"우리 밴드에 들어오지 않을래?"

케이토 선배에게 제안을 받았을 때 드디어 인생이 정말 재미있어지기 시작했다는 강렬한 흥분이 발바닥부터 머리끝까지 퍼지는 것을 느꼈다. 케이토 선배는 마치 에마가 거절할 리 없다는 표정을 지으며 빤히 에마를 바라봤다. 그런 여유가 짜증이 날 정도로 멋있었다. 반 친구들은 호기심을 감추지 못한 채 일부러 1학년 교실까지 찾아온 케이토 선배의 모습을 흘깃흘깃 쳐다봤다. 케이토 선배는 설령 접점이 없고 학교에서 몇 번 스치기만 해도 그 존재를 확실히 인식하게 될 만큼 강렬한 사람이었다.

그런 케이토 선배가 에마를 부르는 순간에 느낀 충격과 기쁨이 너무나도 압도적이라 마치 자신의 망상이 어떤 힘을 얻어 현실에 구현된 듯한 기분이 들었다.

그렇다. 에마는 자신의 학교생활을 극적으로 재미있게 만들어 줄 무언가가 갑작스럽게 찾아오기를 마음속 어딘가에서 항상 열망했다.

"선배들만 있어서 눈치 보여."

겉으로는 미레이에게 자조적으로 말했지만, 사실 선배들과 함께하는 동아리 활동 시간은 그 어떤 것보다도 기분이 좋았다. 미레이가 무슨 이야기를 하든 무시하고 케이토 선배의 이야기를 하고 싶어서 견딜 수 없었다.

"아, 그거 케이토 선배가 별로라고 했는데."

틈만 나면 그렇게 말해 버릴 것만 같아 필사적으로 자제해야 했다. 전교에 '케이토 선배의 친구'로 인식되고 싶은 마음과 '구질구질한 사람'이 되고 싶지 않은 마음 사이에서 에마는 항상 찢겨 나갔다.

케이토 선배가 가지고 있는 화장품이나 문구류는 전부 신중히 고른 듯한 느낌이 들어 멋있었다. 그래서 눈에 보일 때마다 최선을 다해 기억하고 이상하게 보이지 않는 범위에서 같은 것을 샀다. 그런가 하면 가끔 100엔 숍에서 산 듯한 로고가 지워진 파우치를 사용하기도 해서 그건 그거대로 무심한 매력이 있어서 멋지다고 생각했다. 반면 자신은 케이토 선배에게 선택받은 특별한 사람이 아니라 그냥 의미 없이 쓰는 100엔짜리 파우치 같은 존재일 뿐이라는 망상에 사로잡혀 배가 아프기도 했다.

왜 자신을 지명했는지 묻고 싶으면서도 두렵다는 생각에 망설였다. 나중에야 퍼커션과 작곡 및 편곡을 담당하는 우라베 선배의 추천 때문이라는 사실을 알았다.

이 밴드에서 가장 눈에 띄는 사람은 당연히 케이토 선배였다. 그리고 우라베 선배는 실질적인 리더이자 두뇌 역할을 하는 사람이었다. 케이토 선배와는 심리적으로도 신체적으로 묘하게 가까운 사이였지만 연인 사이는 아니었다. 주변에서 빨리 사귀라는 농담을 던질 때마다 우리 그런 사이가 아니라고 부정하는 모습에서 마치 연애 감정을 초월하여 연인이라는 틀에 얽매이지 않는 관계(큭큭)라고 말하는 듯한 자의식이 느껴져 솔직히 약간 쪽팔렸다.

하지만 그런 두 사람의 관계성에 매력을 느끼거나 동경하는 팬들도 적지 않았다. 실제로 미레이는 에마가 밴드에 들어가기 전부터 두 사람의 SNS를 팔로우하고 있었다.

밴드 연습 중 우라베 선배가 던지는(누가 알아차리겠나 싶은) 세세한 수정 지시에 에마는 누구보다도 능숙하게 대응했다. 그때마다 우라베 선배가 에마는 정말 섬세해서 좋다며 칭찬을 아끼지 않았기에 기분이 좋아졌다. 얄미운 구석도 있었지만 원하는 말을 바로 해 주는 순발력이 뛰어난 남자였다.

자신도 알고는 있지만 에마는 확실히 섬세한 편이었다. 세세한 음정 조정도 비교적 원하는 대로 할 수 있고 귀가 좋아서 성대모사도 제법 잘한다.

그러나 에마는 초등학교 4학년 때 합창을 시작한 이후로 줄곧 '네 노래는 기술적으로 흠잡을 데 없지만 표현력이 부족하다.'라는 평가를 받았다.

카노코의 초기작 중에는 피겨스케이팅을 소재로 한 만화가 있다. 초반의 중요한 장면을 보면 경기를 시작한 지 얼마 안 된 주인공이 아직 기술은 미숙하고 거칠지만 탁월한 표현력을 인정받아 해외 유학 자격을 얻어 내는 장면이 나온다. 그 주인공의 재능을 인정받게 된 배경에는 기술적으로는 우수하지만 표현력에서 밀리는 라이벌이 있었다. 바로 그 라이벌이 주인공과 반대 기질을 가진 에마의 위치였다.

에마는 그 정확성 때문에 감탄을 받기는 해도 누군가의 마음을 크게 울리는 퍼포먼스는 못 했다. 어쩌면 '표현력'은 애매한 기준에 불과하고 단순히 기술력으로 압도하면 사람들의 마음을 움직일 수 있을지도 모른다. 따라서 에마는 기술적인 면도 부족하다고 생각할 수 있다.

하지만 에마의 그런 무난한 면이 개성 넘치는 멤버들로 구성된 케이토 선배의 밴드에는 오히려 잘 맞았다.

다른 선배들은 유일한 1학년이라는 이유로 에마에게 꽤나 다정했다. 그중 케이토 선배는 좋은 의미로나 나쁜 의미로도 에마에게 거리낌이 없었다. 편의점이나 자료실 등 어디든 데리고 다녔다. 에마는 그런 상황이 내심 자랑스러웠다.

동아리 활동이 끝난 뒤나 쉬는 시간에는 케이토 선배와 우라베 선배 사이에 자연스럽게 껴서 셋이 함께 시간을 보내는 일이 많아졌다.

동아리 안에는 청춘다움과 부원 간의 유대감을 중요시하는 친밀한 밴드도 있었다. 하지만 에마가 속한 밴드는 그다지 화기애애하지 않았다. 오히려 약간 건조하고 업무적인 관계 같은 느낌마저 있었다. 그래도 내킬 때는 동아리 활동이 끝나면 멤버 여섯이 다 함께 패밀리 레스토랑에 들르기도 했다. 에마는 케이토 선배와 우라베 선배가 온갖 주제로 벌이는 실랑이를 멍하니 듣고 있는 시간이 가장 좋았다.

정책, 교칙, 차별 등 다양한 주제에 매일 화를 내는 케이토 선배는 마치 용처럼 몸 안을 질주하는 분노의 에너지를 승화시키기 위해 토론부에도 가입해 활동하고 있었다. 물론 그곳에서도 인정받는 존재였다. 케이토 선배가 의견을 물을 때 제대로 된 대답을 해본 적이 거의 없는 에마와 달리 우라베 선배는 케이토 선배를 적당히 다루며 토론을 더욱 활발하게 만드는 데에 재능이 있었다. 가만히 듣다 보면 우라베 선배의 의견은 알맹이가 없는 듯해서 의문이 들 때도 있지만 케이토 선배가 그것을 알아차리고 있는지는 알 수 없었다.

그날도 두 사람은 독일 인권 운동가의 발언으로 논쟁하다 어느새 어제 화제가 된 단편 만화의 마지막 장면 해석으로 설전을 벌이고 있었다.

"미안해, 에마. 우리 늘 이래서."

왠지 모르게 두 사람 사이에 앉아 늘 듣기만 하는 에마를 배려하듯 다른 선배가 느긋하게 말해 줬다. 그 덕분에 동아리 활동을 마치고 선배들과 함께 패밀리 레스토랑에 온 '선택받은 자'의 기분에 젖어 있던 에마는 무심코 내뱉고 말았다.

"나도 1년만 일찍 태어났으면 좋았을 텐데."

방금 입에서 튀어나온 말이 너무 쪽팔리고 무거워서 곧바로 후회했지만 정할 방법이 떠오르지 않아 식은땀만 흘렸다.

"뭐야, 너무 귀엽잖아!"

잠깐의 침묵 뒤 모두가 웃음을 터뜨렸고 의외로 분위기는 부드러워졌다.

"왜? 에마는 반에서 잘 못 지내?"

"그런 건 아니지만, 미래에 함께 살고 싶을 만큼 친한 친구는 없어요."

"와, 룸 셰어 가정다운 가치관이네! 그러면 우리하고는 같이 살고 싶다고 생각해?"

그 정도는 아니라고 말을 흐리자 케이토 선배가 장난스럽게 그게 뭐냐고 외치며 테이블을 쳤다. 그 충격으로 유리잔이 넘어지며 에마의 흰색 카디건에 멜론 소다가 쏟아졌다. 그 바람에 한바탕 소란스러워졌는데 평소에는 좀처럼 자신의 잘못을 인정하지 않는 케이토 선배가 이때만큼은 미안하다고 필사적으로 사과했다.

지금까지 에마의 가정환경에 대해 깊은 질문을 받은 적은 없었지만 이 대화를 계기로 우르르 질문이 쏟아졌다.

"그런데 어머니가 네 분이라니 대단하다. 혹시 세뱃돈 엄청 많이 받아?"

"아버지에 대해 얼마나 알아?"

평소 케이토 선배가 더 복잡한 주제에 대한 의견을 물을 때 제대로 대답하지 못해서 답답했던 에마에게 선배들이 던진 질문은 모두 익숙한 것들이라 물 흐르듯 자연스럽게 이야기를 풀어 나갈 수 있었다.

"음, 조부모님은 여덟 분이지만 그중 절반은 연이 끊겨서 세뱃돈은 다들 받는 만큼밖에 못 받아요. 아버지에 대해서는 정말 아무것도 몰라요. 일단 유럽 사람이라는 것 정도만 알고… 엄마는 아마 학력이나 키 같은 데이터를 더 가지고 있을 것 같긴 한데 딱히 알고 싶지는 않아요. 하지만 언니인 아사는 정자은행이 아니라 원래 친구였던 남자분의 정자 기증으로 태어났고 그분은 지금도 자주 우리 집에 놀러 와요. 그래도 딱히 아버지라는 느낌은 없고 그냥 엄마의 친구 중 한 명 같아요. 그리고 사실 언니라고는 해도 생모가 다르니까, 피는 전혀 이어지지 않았죠."

빠른 말투로 이야기를 끝내자 '으음….'이라는 애매한 반응이 여기저기서 흘러나왔다. 약 2초간의 침묵이 이어졌다. 단 2초 사이에 에마의 머릿속을 온갖 갈등과 후회가 휘몰아쳤다.

'너무 많이 말했나? 부담스러웠나? 이상했나? 자랑처럼 들렸으려나?'

에마는 여러 사람이 대화를 나누는 중에 자신의 발언에 대한 반응이 바로 없을 때 느끼는 불편함이 견디기 힘들었다.

"나처럼 섹스로 태어난 구시대적인 인간하고는 다르네."

침묵을 깬 우라베 선배가 웃으며 말했기에 에마는 반사적으로 대답했다.

"시험관으로 태어나서 셰어하우스에서 자랐으니까요."

그 대답은 이날 최고로 큰 웃음을 자아냈다.

"그런데 그거 진짜 합리적이라고 생각해."

심지어 케이토 선배도 긍정적으로 평가해서 그 순간 자신이 매우 특별한 사람처럼 느껴졌다. 그 후에도 케이토 선배는 에마의 가정이 뛰어난 이유에 대해 사회와 정세를 인용하며 빠르게 이야기했지만 그 내용은 전혀 머리에 들어오지 않았다.

고양된 기분으로 집에 돌아오니 거실에 세 명의 어머니가 모여 있었다. 다음 주 파리에서 3년 만에 귀국하는 카노코를 맞이하기 위해 어머니들은 그날 어떤 음식을 준비할지, 누가 공항에 마중 나갈지 등을 의논하고 있었다.

현지의 연인과 헤어진 카노코는 마침 예술가 비자 만료가 가까워지면서 완전히 일본으로 귀국하기로 결심했다고 한다. 하지만 함께 파리로 간 언니 아사는 카노코가 귀국한 후에도 그쪽에서 계속 대학에 다닐 예정이라고 했다.

아키는 카노코가 귀국하는 날 어떤 음식을 준비할지 고민 중인 듯했다. 카노코에게 원하는 메뉴를 물었더니 뭐든 좋으니까 집밥을 먹고 싶다는 답변이 돌아왔다고 했다.

"뭐야? 제일 귀찮은 메뉴잖아."

"뭐, 그 마음도 이해는 가."

아키가 얼굴을 찌푸린 미오에게 대답하며 태블릿으로 레시피를 검색하고 있었다.

아키는 아사를 출산한 뒤에도 한동안 회사에 다녔지만 에마의 탄생을 계기로 퇴직하고 가사 노동을 주로 맡게 됐다. 덕분에 카노코는 곧바로 본업에 복귀할 수 있었다고 한다. 그렇다고 아키에게 수입이 없는 것은 아니다. 아키의 가사 노동에 대해 나머지 세 명의 어머니가 매달 대가를 지급한다. 더불어 카노코의 작가 활동과 관련된 경리 업무나 일정 관리 등의 비서 업무를 담당하며 추가적인 보수를 받는다고 한다. 일반적인 전업주부처럼 가사 노동의 대가로 생활비가 면제되는 방식은 수입이 없으면 용돈을 받아야 한다는 이유로 채택되지 않았다. 이 모든 정보는 직접 들은 것이 아니라 카노코의 에세이 만화에 그려져 있던 내용이다.

어머니들 중에서 에마를 가장 많이 챙겨 주는 사람은 아키지만 가장 '엄마' 같으냐고 묻는다면 꼭 그렇지도 않았다. 굳이 말하자면 에마에게 아키는 가장 걱정이 많은 사람이었다. 앞머리가 곱실거려서 싫다거나, 살찌지 않는 음식을 준비해 달라는 일상적인 사소한 부탁이나 단순히 위로받고 싶을 때는 아키에게 말했다.

진로나 심각한 상담은 주로 미오에게 했다. 상담 상대가 되기에 아키는 너무 상냥했고 유리코는 별다른 생각 없이 강자의 논리를 들이대는 경향이 있다. 미오는 현실적이고 합리적이면서도 지나치게 완벽하지 않아서 좋다. 에마가 파리에 따라가야 할지 상담했을 때도 현지 학교의 종류, 일본 고등학교의 복학 제도, 대학 입시의 귀국자 특별 전형 등의 정보를 정리한 자료를 만들어 줬다. 가벼운 마음으로 받은 A4용지 5장의 자료는 복잡한 색상 구분과 장별 구성으로 꼼꼼하게 작성되어 있어서 에마는 감사보다 부담감이 살짝 앞섰다.

"고마워, 미오. 역시 재패니즈 트래디셔널 컴퍼니네."

어머니들이 자주 쓰던 표현을 흉내 내서 말하자 미오는 못을 박았다.

"뭔가 착각하는 것 같은데, 그거 회사 이름 아니다."

미오가 대학 졸업 후 바로 입사한 재패니즈 트래디셔널 컴퍼니에 계속 다니고 있는 반면, 여러 번의 이직 끝에 독립했다는 유리코는 어머니들 중에서 가장 무슨 일을 하는지 알 수 없는 사람이다. 자주 여행을 다니기에 설마 누군가의 정부라도 되는 건가 싶어 미오에게 넌지시 물어보니 웃으며 부정했다.

"오히려 유리코가 제일 돈을 많이 벌지. 이제는 기분 따라 일을 맡을 수 있는 단계에 있는 사람이라니까."

정부라는 의혹은 풀렸지만 유리코에게는 항상 어딘가 남자의 그림자가 따라다니는 듯한 느낌이 있었다. 실제로 몇 년 전까지만 해도 나이가 훨씬 어리고 깔끔한 분위기의 남성과 교제했다. 그 남자는 잘생겼고 에마에게도 친절했으며 유리코를 진심으로 사랑하는 것처럼 보였기에 에마는 집요하게 캐물었다.

"어떻게 하면 그런 좋은 사람을 사귈 수 있어? 혹시 돈이라도 주는 거야?"

그 질문에 유리코는 태연하게 대답했다.

"나는 결혼할 필요가 없으니까 인기 있는 거야."

유리코의 말처럼 어머니들이 이미 결혼 따위 하지 않을 줄 알았지만 카노코의 파리행 소식을 들었을 때는 문득 자신이 불안정한 발판 위에 서 있다는 생각이 들었다.

'앞으로 어머니들이 각각 결혼하고 싶어지면 나는 대체 어떻게 될까?'

에마의 친구들은 대부분 대학 졸업 후에 어떤 일을 하고 몇 살쯤 결혼해서 몇 명의 아이를 가질지 따위의 계획을 이미 가지고 있는 듯했다. 게다가 진학률이 높은 학교에 다니기 때문인지 몰라도 다들 자신이 항상 좋은 선택을 하고 적당한 행복을 손에 넣을 수 있다는 막연한 자신감이 있는 듯했다.

하지만 에마에게 그런 미래의 계획 따위는 전혀 없었다. 아마도 대학은 졸업하고 취직도 하겠지만 그 이후의 일은 전혀 상상되지 않았다. 어머니가 네 명인 집에서 태어나고 자란 덕분인지 혈연관계나 연애결혼 등에 대한 집착이 거의 없었다. 에마는 그것을 항상 자신이 누린 축복이라고 생각했다. 얽매는 것은 적을수록 좋고 자신은 자유로운 가치관을 가진 사람이라고 믿었다. 이 집에서는 미오와 유리코가 아이를 낳지 않았지만 둘 다 에마의 어머니였다. 그래서 자신도 강렬히 바라지 않는다면 남자와 결혼하거나 출산할 필요가 없다고 생각했다.

그런데 앞으로 자신이 무언가를 강렬히 바라는 일이 있을까?

'나답게', '있는 그대로의 나', '성별에 얽매이지 않고'. 이 말들에 모두 공감하고, 지금까지는 어떤 억압도 느낀 적이 없다.

에마는 미래를 생각할 때 선택지가 너무 많아서 아무것도 고르지 못한 채 거대한 가전 양판점에 우두커니 서 있는 자신을 떠올렸다.

앞으로 자신이 정말 무엇을 원하는지도 모른 채 멍하니 나이를 먹고 죽어 갈 것만 같다고 생각했다.

케이토 선배가 불러일으킨 감정은 에마가 지금껏 느껴 본 적 없는 새로운 욕망의 형태였다. 그러나 그것은 장래와 연결된 무언가는 아니었다. 예를 들어 앞으로 점점 더 가까워져서 최종적으로 둘이 함께 사는 미래를 상상해 보기도 했다. 하지만 금방 그것은 아닌 것 같아 생각을 고쳐먹었다. 케이토 선배를 향한 동경이 점점 커지는 한편, 친밀하게 지낼 수 있는 시간은 인생의 극히 짧은 기간에 불과하다는 묘한 확신이 있었다. 늦어도 선배가 졸업할 때쯤에는 멀어질 수밖에 없는 지속 불가능한 이 관계가 애틋했다.

SNS 계정을 열고 재미도 감흥도 없는 자신의 프로필 문구를 '시험관으로 태어나서, 셰어하우스에서 자랐습니다.'로 바꿨다. 업데이트 버튼을 누른 지 몇 분도 안 돼서 우라베 선배가 '최고!'라는 멘션을 보냈다.

"이게 뭐야?"

미레이가 에마의 프로필 화면을 열고 말했다. 얼굴은 웃고 있었지만 당황한 것 같아서 애매하게 얼버무렸다.

"그냥 그 자리 분위기 때문에."

미레이는 학교 주요 인물들의 계정을 빠짐없이 확인한다. 그래서 어제 동아리 활동을 마치고 에마가 패밀리 레스토랑에서 시간을 보냈다는 사실도 당연히 알고 있었다.

케이토 선배는 에마의 카디건을 더럽힌 일을 미안해하며 자신의 헌 카디건을 물려줬다. 스스로는 고르지 않을 법한 짙은 녹색의 카디건은 아마도 에마의 것보다 더 고급스러운 제품일 것이다. 케이토 선배가 말했던 '착취에 가담하지 않은' 제조사에서 만든 제품인 듯했다. 감촉이 부드러웠고 은은하게 좋은 향도 났다.

그날의 밴드 연습은 한층 더 친밀해진 기분으로 화기애애하게 시작했다. 하지만 완성도에 전혀 만족하지 못하는 우라베 선배의 반복된 수정 지시로 점차 분위기가 어두워졌다.

수정 지시는 주로 리드 보컬인 케이토 선배를 향했다. 같은 부분에서 반복적으로 멈추자 처음에는 미안해하며 악보에 무언가를 휘갈겨 쓰던 케이토 선배도 결국 표정이 사라졌고 미세하게 고개만 끄덕일 뿐이었다.

축제의 본무대까지는 일주일도 남지 않았다. 당일의 곡 리스트는 익숙한 히트송 커버를 중심으로 구성됐고, 마지막 곡은 우라베 선배가 작곡한 자작곡이었다. 그 곡에 대한 열정은 차원이 달랐다. 케이토 선배를 향한 집요한 요구는 끈기가 있었지만 복잡한 음정과 영어 가사 발음을 제대로 맞추지 못해 점차 혼란스러워했다. 자포자기한 케이토 선배에게 마침내 우라베 선배가 단호하게 말했다.

"그러니까 몇 번이나 말했잖아, 내 곡을 감으로 부르지 말라고."

그때까지 태블릿만 보며 고개를 숙이고 있던 케이토 선배가 뱀처럼 날카로운 눈을 크게 뜨며 우라베 선배를 똑바로 쳐다봤다.

우라베 선배는 그 시선에 반응하지 않고 에마 쪽으로 돌아서 말했다.

"미안한데 여기 대신 한번 불러 줄래?"

자신의 파트를 확인하느라 반응이 늦자 재차 에마를 불렀다.

"어… 제, 제가요?"

급히 머릿속으로 우라베 선배가 케이토 선배에게 내렸던 지시를 하나씩 점검하며 원래 파트에 끌려가지 않도록 정보를 다시 정리했다.

"준비됐어? 시작할게."

우라베 선배의 카운트에 맞춰 목소리를 냈다. 모두가 에마를 바라보고 있었다.

"그래, 바로 그거야, 그 느낌! 케이토, 알겠어? 내가 말하고 싶었던 게 이거야!"

손뼉을 치며 크게 외치는 우라베 선배의 말을 끊은 케이토 선배가 쏘아붙이듯 말했다.

"알았어, 알았다고! 그러면 아예 그냥 에마가 리드하면 되잖아. 나는 계속 우라베가 하는 말이 딱히 와닿지도 않고, 아마 앞으로도 네가 원하는 답은 절대 못 내놓을 거야. 아마 영원히."

그 말만 남기고 서둘러 연습실을 나간 케이토 선배를 우라베 선배가 뒤따라 나갔다.

"미안, 음료수 좀 사 올게."

남겨진 에마와 나머지 네 명은 서로 당황한 표정을 숨기지 못하고 마주 봤다.

한동안 개인 연습을 이어 갔지만 얼마 지나지 않아 우라베 선배가 오늘은 여기까지 하자는 메시지를 보냈다.

"괜찮아, 내일이면 아마 원래대로 돌아올 거야."

다른 선배들은 불안해하는 에마를 위로했다.

집에 돌아와 목욕을 마친 뒤, 우라베 선배의 '전화해도 돼?'라는 메시지를 확인한 에마는 조심스럽게 전화를 걸었다. 상대가 미레이라면 편하게 누워서 통화했겠지만 왠지 모르게 자세를 바로 해야 할 것 같아 침대에 앉아 허리를 폈다. 신호음이 울리는 동안 처음 전화를 건다는 긴장감에 땀이 스멀스멀 배어 나왔다.

[아, 에마.]

몇 번의 신호음 끝에 전화를 받은 우라베 선배의 목소리는 평소보다 살짝 낮고 허스키했다.

[씻었어? 나도 막 씻고 나왔어.]

우라베 선배는 좀처럼 본론으로 들어가지 않았다. 방금 반 친구에게 들은 쓸데없는 이야기를 일방적으로 늘어놓다가 마침내 본론을 꺼냈다.

[오늘 미안했어. 상황이 그렇게 돼서.]

"아뇨, 저는 괜찮아요. 그런데 케이토 선배는 괜찮아요?"

[괜찮기도 하고 아니기도 하고, 뭐 그런 상태야. 본인은 이번 축제 무대가 끝나면 나랑은 더 이상 같이하고 싶지 않대.]

"설마요."

[설득하려고는 하고 있어. 케이토하고 입학 때부터 쭉 같이 활동했고, 케이토의 이미지를 바탕으로 곡도 썼으니까. 그래도 만약 밴드가 해체되면 에마가 내 밴드의 리드를 맡아 주면 좋겠어. 오늘 정말 놀랐거든. 네가 내가 그리던 걸 그대로 표현해 줘서.]

멍하니 있던 에마에게 우라베 선배가 이어서 약간 쑥스러워하듯이 말했다.

[그건 그렇고, 축제가 끝나면 둘이 어딘가 놀러 가지 않을래?]

여러 가지로 생각해 보라는 말을 끝으로 통화가 끊겼다.

머리를 말리지 않아서 젖은 머리카락이 목과 몸을 차갑게 식혀 주었다.

오래 이어질 관계는 아니라고 생각은 했지만 케이토 선배와의 이별이 예정보다 빨리 찾아올지도 모른다는 실망감과 갑작스레 받은 리드 보컬 제안에 감정이 따라가지 못했다. 일어날 기력조차 없어 슬립 모드가 된 스마트폰을 가만히 응시했다.

'리드를 맡아도 되는 걸까? 내가?'

리드 보컬이 아니더라도 노래를 부르는 것은 좋아한다. 기분이 좋고 살아 있다는 느낌이 든다. 노래하는 동안만큼은 자신의 하찮은 삶에서 해방된 듯한 기분이 들었다.

하지만 그 기분 좋은 감각의 이면에는 항상 차가운 허무함이 존재했다. 너는 아직 진정한 쾌감을 모른다고, 알 수 없는 누군가가 계속해서 속삭이는 것만 같았다.

미레이에게 밴드는 축제 후에 해체될 수도 있다고 전하자 아쉽다는 말과는 반대로 살짝 안도한 듯한 표정을 지었다. 에마는 그 반응을 당연하게 받아들였고 신기하게도 전혀 불쾌하게 느끼지 않았다.

우라베 선배와 둘이 놀러 가기로 했다는 사실을 털어놓자 미레이는 깜짝 놀라며 예상을 뛰어넘는 열기를 띠고 물고 늘어졌다.

"어디 갈 건데? 뭘 입을 거야? 어떤 화장을 할 거야?"

에마가 전혀 고민하지 않았던 모든 것들을 자기 일처럼 걱정하며 머리를 고민하는 모습을 보니 지금의 우리가 갑자기 친구처럼 느껴졌다.

그 후의 동아리 활동은 케이토 선배와 우라베 선배가 마치 아무 일도 없었던 것처럼 연습을 이어 갔다. 하지만 축제가 끝난 후 밴드가 어떻게 될지는 누구도 말해 주지 않았다.

담담하게 연습에 임하는 케이토 선배를 몰래 훔쳐봤다. 우라베 선배에 대한 분노로 떨고 있던 그녀는 숨이 막힐 정도로 아름다웠다. 크게 뜬 눈은 그 크기에 비해 검은자위가 작아 자신을 향한 시선이 아님에도 날카로운 눈빛에 꿰뚫릴 것만 같았다. 폐활량이나 정확성에서는 다소 부족한 부분이 있지만, 끈적하면서도 거친 독특한 목소리와 몸짓에서는 중심에 서는 사람의 품격이 느껴졌다. 에마는 도저히 이 사람을 대신할 수 있을 것 같지 않았다.

우라베 선배는 케이토 선배의 이미지를 상상하며 곡을 썼다고 했다. 하지만 연습을 거듭할수록 케이토 선배에 대한 자신의 해석과 우라베 선배의 해석이 다르다고 느꼈다. 우라베 선배의 곡에는 그가 과시하고 싶어 하는 어떤 복잡함이 담겨 있는데 그것은 케이토 선배가 가진 복잡함의 본질과 그 성질이 미묘하게 달랐다.

문득 자신도 곡을 만들 수 있으면 좋겠다고 생각했다. 리드를 맡는 것보다 자신이 만든 곡을 케이토 선배가 불러 주는 편이 훨씬 기분 좋지 않을까. 이전에도 작곡을 시도해 본 적은 있지만 자신이 내놓은 발상의 진부함을 견디지 못해 단 한 곡도 완성하지 못했다.

에마는 정신이 딴 데 팔려 있었지만 자신조차 놀랄 만큼 음정은 틀리지 않았다. 덕분에 역시 '나는 코러스를 맡는 게 적합하다.'라고 다른 사람 일처럼 생각했다. 그런 주제에 코러스를 자랑스럽게 여기지 못하는 자신이 비겁하게 느껴졌다.

연습이 끝난 후 예전처럼 케이토 선배와 우라베 선배, 그리고 에마 셋이 함께 집으로 향했다. 언제나처럼 케이토 선배가 가장 먼저 전철에서 내렸다. 이후에 세 정거장 동안은 우라베 선배와 단둘만 남는다. 지금까지와 다른 점이라면 케이토 선배가 내리고 전철 문이 닫힌 뒤, 우라베 선배가 살짝 몸을 이쪽으로 기울이기 시작했다는 점이다. 타고났는지 패션인지 모를 곱슬곱슬한 머리카락이 에마의 관자놀이에 살짝 닿았다.

"배 안 고파? 뭐 좀 먹고 갈래?"

우라베 선배가 내릴 역에 거의 도착했을 즈음 물었다.

갑작스러운 제안에 주저하며 3년 만에 어머니가 파리에서 귀국하는 날이라며 거절했다.

에마는 우라베 선배를 원하는 말을 바로 해 주고, 머리 회전이 빠르고 서비스 정신이 넘치는 사람이라고 생각했다. 하지만 그것은 동아리 활동 중에 보이는 모습일 뿐이었다. 신기하게도 둘만 있을 때는 정반대였다. 종종 에둘러 말하거나 말이 부족해서 뜻을 제대로 전하지 못하기도 했다.

'같이 어디에 들르고 싶다면 하차 직전에 말하는 대신 좀 더 일찍 물었으면 좋았을 텐데.'

쓸데없이 예상치 못한 순간을 만들지 않았으면 했다.

게다가 에마가 지금 가장 알고 싶은 것은 밴드의 앞날이었다. 우라베 선배도 그 점을 알고 있을 텐데도 아무 말도 해 주지 않는 그 태도에 점점 불신이 커지고 있었다.

우라베 선배가 내리고 혼자가 되자 비로소 진짜 귀갓길이라는 기분이 들었다. 학교도 집도 미묘하게 교통이 불편한 위치에 있어서 같은 도쿄 안인데도 전철을 갈아타며 한 시간이 넘게 걸렸다. 어머니들은 한때 더 편리한 지역의 맨션에서 룸 셰어를 했다고 한다. 그러나 에마, 즉 둘째의 탄생을 계기로 두 세대가 함께 살 수 있도록 설계된 단독주택을 공동 구매했다고 한다.

학교에는 시부야구에 사는 친구들도 있어 깜짝 놀랄 때가 있지만 지바 근처에서 두 시간 가까이 통학하는 친구들도 있으니 도쿄 내에 살고 있다는 사실만으로도 다행이라고 생각하기로 했다.

현관문의 잠금을 해제하고 문을 열자마자 웃음소리가 들리고 마늘 요리 냄새가 퍼졌다. 약간의 어색함을 느끼며 거실로 들어서자 카노코가 어서 오라는 말과 함께 오늘 아침에 헤어진 사람처럼 자연스럽게 에마를 맞이했다.

3년 만에 만나는 친모는 종종 영상 통화를 했으니 그렇게 오래간만이라는 느낌은 들지 않았지만 묘하게 생생하게 느껴졌다. 생각해 보니 영상 통화에서 기본적으로 적용되는 보정 기능에 익숙해진 탓이었다. 카노코의 얼굴에 대해서는 별생각이 들지 않았지만 보정이 없는 자기 얼굴이 갑자기 부끄러워졌다.

"쓸쓸했어?"

"무슨 소리야? 카노코가 없어도 미오, 아키, 유리코가 있잖아. 오히려 인구 밀도가 줄어서 쾌적했어."

카노코는 그건 그렇겠다고 말하며 에마의 대답을 전혀 신경 쓰지 않는 듯 술을 계속 들이켰다.

테이블에는 아키가 정성을 들인 요리가 차려져 있고 방구석에는 빈 병과 캔이 대충 모여 있었다. 딱히 지금 와서 나눌 이야기는 없을 것 같았지만 굳이 입을 열지 않아도 네 명의 어머니들은 각자 하고 싶은 대로 떠들며 소란스러우니 에마는 그저 조용히 밥을 먹고 있으면 그만이었다.

돌이켜보면 지금까지 살아오면서 친모인 카노코와 보낸 시간이 가장 짧을지도 모른다. 아키는 기본적으로 집에 있고 미오와 유리코도 집에서 일하는 경우가 많다. 카노코는 작업실로 쓰기 위해 근처에 아파트를 빌렸기 때문에 원고 상황에 따라서는 일주일씩 얼굴을 못 보기도 했다.

이미 카노코가 프랑스에서 겪은 재미있는 에피소드 이야기는 끝난 듯했다. 네 명의 어머니들은 카노코가 옛날에 이런 말을 했다, 미오가 이런 일을 했다는 둥 몇십 년 전 이야기를 마치 최근의 일처럼 다시 꺼내며 떠들썩하게 이야기하고 있었다.

"어떻게 그렇게 옛날 일을 세세하게 기억해?"

에마의 질문에 유리코가 대답했다.

"공유할 사람이 있는 기억은 절대 희미해지지 않거든."

"진짜 그래."

그 말에 미오도 동의했다.

"맞아. 반대로 말하면 아무하고도 공유되지 않은 기억은 놀랄 만큼 빠르게 사라진다니까. 예전에 다녔던 직장 사람들이랑은 연락도 안 하고 벌써 싹 다 잊어버렸어. 지금은 회사 이름 겨우 기억하는 수준이야."

"그렇게 따지면 난 만화에 그린 것 말고는 꽤 빨리 잊어버리는 것 같아. 그런데 만화로 그리면 절대 안 잊는데."

아키의 말을 카노코가 이어받았고 에마가 무심코 끼어들었다.

"내 얘기는 만화에 안 그리잖아."

카노코는 붉게 달아오른 얼굴로 눈을 동그랗게 떴다.

"에마 얘기는 엄청 많이 그리는데."

"그린 적 없잖아. 한 번도."

"뭘 모르네. 난 에마를 수도 없이 만화에 그렸어. 다만 티가 안 나게 그렸을 뿐이지."

카노코는 즐거운 듯 와인잔을 흔들며 말을 이었다.

"50년 가까이 살다 보니까 난 지금 이 순간을 남기기 위해 만화를 그리고 있구나, 만화를 그려서 다행이다 그렇게 느끼는 순간이 가끔 찾아와."

자기만족에 빠져 득의양양한 모습이 거슬려서 카노코의 눈을 똑바로 마주 보지 않고 그 뒤에 있는 약간 햇볕에 그을린 벽을 응시했다. 그러다 문득 지금까지 쭉 잊고 있던 어린 시절 그 벽에 자작 가족 신문을 게시했던 기억을 떠올렸다. 이면지로 만든 그 수제 신문에는 아키가 만든 만두를 카노코가 너무 많이 먹고 토한 일, 유리코의 남자 친구가 바뀐 일, 아사가 이를 닦으며 뛰어다니다가 미오에게 엄청나게 혼난 일 등 가족의 일상을 담은 소식을 담았다.

순정 만화 잡지의 독자 코너를 흉내 낸 문체를 카노코는 무척 재미있어했다. 그리고 종이 한구석에는 항상 자신이 주인공인 네 컷 만화도 실었다.

잊어도 큰 문제는 없는 기억이지만 머릿속에 기억으로 가득 찬 탄환이 발사된 듯 돌연히 선명하게 떠올랐다. 막상 떠올리니 이렇게 까마득히 잊고 있었다는 사실이 두렵게 느껴졌다. 아키는 누구하고도 공유하지 않은 기억은 놀랍도록 빨리 사라진다고 말했다. 에마에게 잊고 싶지 않은 기억이 무엇일지 생각해 보니 가장 먼저 케이토 선배의 얼굴이 떠올랐다. 아마 곧 추억이 될 케이토 선배. 부끄러워하지 않고 더 많이 미레이에게 동아리 이야기할 걸 그랬다. 당시에 푹 빠졌던 것들에 관해 이야기할 걸 그랬다. 하지만 미레이도 언젠가 반이 바뀌면 멀어질 텐데. 그렇다면 내 소중한 기억들을 누구와 함께 품고 살아야 할까?

스마트폰이 진동해서 알림을 확인하니 우라베 선배한테서 '재미있게 보내고 있어?'라는 메시지가 도착했다. 이미 읽음 표시가 바뀌어서 가벼운 연회 현장을 사진으로 찍어서 보냈다.

어머니들은 추억 이야기에 질렸는지 이번에는 70살이 되면 뭘 하며 놀지 신나게 떠들기 시작했다.

"솔직히 그 나이에 일은 안 하고 싶다."

"시간이 엄청나게 걸리는 취미가 있으면 좋을 것 같아. 유화 같은 거."

"아예 라크로스 같은 엄청 격렬한 스포츠는 어때?"

"목숨을 걸어야 하잖아."

"그런데 70살쯤 되면 한 명쯤은 죽었을 가능성도 있지 않아?"

"설마."

"먼저 죽고 싶지도 않고, 마지막에 죽고 싶지도 않네."

"그러면 공평하게 모두 살아 있을 때 공동 생전 장례식이라도 할까?"

이 사람들은 계속 넷이 함께 있겠구나.

넷이 아사와 나를 키웠고 카노코가 파리로 떠나 세 명이 되었던 적도 있지만 결국 다시 이곳으로 돌아와 네 명이 됐다.

그렇게 조금씩 형태를 바꾸면서도 느슨하게 이어지며 살아가겠지.

카노코의 작품 중 가장 오래 이어진 시리즈는 21권으로 연재를 마쳤다. 온 가족이 열중해서 보던 시트콤은 시즌 12에서 끝났다. 그러나 이 사람들은 계속해서 이 이야기 속에서 살아갈 것이다.

에마는 그 이야기의 등장인물 중 하나이지만 주인공은 아니다.

스마트폰이 진동해서 화면을 보니 또 우라베 선배의 메시지였다. 내용을 확인하지 않고 테이블에 스마트폰을 엎어 뒀다.

미래에 정말 같이 살고 싶다고 생각할 만한 사람을 앞으로 단 한 명이라도 찾을 수 있을까? 어쩌면 우리 세대가 이 수준의 삶을 누리려면 여덟 명 정도는 모여야 할지도 모른다.

일본은 점점 쇠퇴하고 있다고 한다. 태어날 때부터 이랬으니 그다지 실감은 안 나지만 케이토 선배도 인터넷에서 만난 사람들도 그렇게 말한다. 과거에는 훨씬 풍요로웠고, 아이들도 많았고 하늘을 나는 새도 떨어트릴 수준의 '선진국'이었다고 어른들은 말한다. 옛날과는 다르다고. 그런 말을 계속 듣다 보면 실감이 없어도 손해를 보고 있는 기분이 든다.

"아, 결국 나는 남자랑 결혼하는 수밖에 없으려나."

그렇게 말하자 잠깐의 침묵이 흐른 뒤, 어머니들은 숨이 넘어가도록 웃기 시작했다.

어릴 때부터 별로 웃기려고 한 말이 아닌데도 어머니들이 폭소를 터뜨리는 일이 종종 있었다. 그럴 때마다 에마는 타오르는 듯한 부끄러움을 느꼈다. 개별적으로 대화를 나눌 때는 분별력이 있는 사람들이지만, 네 명이 모이면 이 사람들은 정말로 배려가 없어진다.

에마는 주인공이 아니기에 중요한 날에 늦잠을 자지도 않고 앞머리를 너무 짧게 자르는 실수도 하지 않는다. 리드 보컬인 케이토 선배가 갑자기 쓰러져서 급히 대타로 나서는 극적인 사건도 당연히 일어나지 않는다.

결국 그 이후로 케이토 선배와 우라베 선배의 관계는 완벽히 회복됐고 밴드 해체 이야기도 쏙 들어갔다. 물론 에마에게 왔던 리드 보컬 제안도 무산됐다. 이런 일은 이전에도 몇 번 반복됐고 에마의 전임 선배도 이런 상황에 질려 밴드를 떠났다는 이야기를 다른 선배가 몰래 들려줬다.

"나도 이제 좀 지친 것 같아."

그 여자 선배가 말했다.

"그러니까 에마도 너무 무리하지 말고 같은 학년 친구들이랑 잘 어울리는 게 제일 좋지 않을까?"

케이토 선배와 우라베 선배가 구축한 연애를 초월한 관계는 앞으로도 계속될 모양이었다. 우라베 선배는 케이토 선배와 특별한 관계를 이어 가는 한편, 기존의 특별하지 않은 연애 관계를 에마로 채우려 했을 것이다.

오늘은 구름 한 점 없는 맑은 가을 날씨라 얼굴도 모르는 아버지에게 물려받은 옅은 색의 머리카락은 햇살을 받아 거의 금빛처럼 보였다.

무대에 오르기 직전에 우라베 선배가 뒤에서 살며시 다가오더니 에마의 허리에 손을 얹고 귓가에 속삭였다.

"둘이 어디 가고 싶은지 생각해 둬."

또 미레이에게 상담해야겠다고 마음먹었다.

중앙 정원에 마련된 특별 무대에 올라서자 연애 목적으로 보이는 여고생 그룹, 수험생 자녀와 함께 온 손님들, 흥겹게 분장한 재학생들이 꽉 찬 광경이 한눈에 들어왔다.

중앙 뒤편에는 여자아이 몇 명과 모여 스마트폰을 들고 영상을 찍으려는 미레이의 모습이 있었다.

에마가 무대에서 오른쪽 구석을 바라보자 굳이 찾으려 한 것도 아닌데 네 명의 어머니들이 자리 잡은 모습이 바로 눈에 들어왔다. 누군가의 말에 크게 입을 벌려 웃고 있는 모습이 멀리서도 또렷하게 보였다.

우라베 선배의 신호에 따라 에마와 멤버들이 노래를 시작했다. 편곡이 많이 들어간 도입부에 잠시 의아해하던 관객들은 케이토 선배가 노래를 시작하자 환호성을 질렀고 머리 위로 손뼉을 치기 시작했다. 한 줄로 선 에마는 케이토 선배의 모습을 볼 수 없었지만 무척 멋질 거라 믿었다.

에마는 사상이 없다. 정치도 관심이 없다. 재미있는 여자도 아니고, 가족처럼 지낼 수 있을 법한 친구도 없다. 노래는 잘하지만 표현력은 없다. 작곡의 재능도 없다.

에마는 평범하게 남자를 좋아하고 고기와 달걀도 먹는다. 상품에 담긴 철학이나 콘셉트에도 관심이 없다. 발표나 토론도 질색이다. 일본이 아무리 쇠퇴했더라도 안전하고 깨끗한 이 나라에 태어난 것은 행운이었다고 생각한다.

축제가 끝나면 밴드를 떠나 자신을 위한 곡을 만들자. 리드는 적성에 안 맞고 작곡에 재능이 없을지도 모르지만 최소한 한 곡만이라도 끝까지 완성하고 싶다. 추억을 함께 나눌 친구가 앞으로 생기지 않더라도 언젠가 잊고 싶지 않은 순간이 찾아왔을 때, 작곡을 할 줄 알아서 다행이라고 생각할 수 있으면 좋겠다. 잘되지 않을 수도 있지만 그래도 한층 더 노래를 더 사랑하게 될 것 같다는 예감이 들었다.

왕년의 히트곡들로 구성된 곡 리스트에 관객들은 크게 환호했고 뛰어오르며 몸을 흔들었다. 중앙 정원 뒤쪽에서는 네 명의 어머니들이 남의 시선을 전혀 의식하지 않고 열정적으로 춤을 추고 있었다. 집중력을 잃지 않기 위해 시선을 돌리지 않으려 애썼다.

마지막 한 곡을 남겼을 때 우라베 선배가 힘 있는 목소리로 선언했다.

"마지막은 저희 자작곡로 마무리하겠습니다. 감미로운 곡이니 꼭 춤을 춰 주세요."

그러고 멤버들은 다시 노래를 시작했다. 그동안 흥분했던 관객들은 눈에 띄게 당황한 기색이었다. 구름 한 점 없는 맑은 하늘 아래, 대낮에 이런 감미로운 자작곡으로 춤을 출 수 있을 리가 없었다. 케이토 선배의 유도로 관객들은 조심스럽게 손뼉을 치며 몸을 흔들었다. 그런 가운데 계속 시야 한구석에는 들어오는 네 명의 어머니들은 여전히 춤을 추고 있었다. 그 집단은 누가 봐도 비범했기에 다른 관객들은 멀찍이 떨어져 있었다.

얼마 지나지 않아 에마가 소속된 밴드의 공연이 끝났다. 그들은 관객들의 박수 속에 깊이 고개를 숙여 인사했다. 얼굴을 들자 곡이 끝났는데도 여전히 춤을 추고 있는 어머니들의 모습이 눈에 들어왔다. 공연 중에는 의식적으로 보지 않으려고 했지만 노래가 끝난 에마는 어머니들에게서 도저히 시선을 뗄 수가 없었다. 리듬은 엉망이고 움직임도 제각각이었다. 그러나 네 사람은 강렬한 의지를 가지고 계속 춤을 추는 것처럼 보였다.

어린 시절, 에마는 어머니들에게 자기 이름의 유래를 물어본 적이 있다. 그때 카노코는 이렇게 대답했다.

"유래 같은 건 없어. 그냥 귀엽고 부르기 쉬워 보여서 정했어."

"뭐? 그게 다야? 그냥 대충 정한 거야? 의미도 없이?"

예상치 못한 대답에 당황해서 따지자 카노코가 말했다.

"아니. 오히려 너희 이름에 의미나 바람 같은 걸 담고 싶지 않았어. 어떤 사람이 되고 싶은지는 스스로 정하는 게 좋을 거라고 생각했거든."

에마는 어머니들의 춤이 멈추기 전에 무대를 떠났다. 왜냐하면 에마의 출연은 끝났기 때문이다.

나는 주인공이 아니다. 노래는 잘하지만, 표현력은 없고, 유일무이한 친구도 없다.

내게는 네 명의 어머니가 있다. 그리고 어머니들은 무척 사이가 좋다.

하지만 그것은 나의 이야기가 아니다.

고바야시 사요코 장편소설

어쩌면 우리는 평생 최강

펴낸날 2025년 4월 23일 1판 1쇄

지은이 고바야시 사요코
옮긴이 김지혜
펴낸이 이종일
책임교정 정승혜
디자인 바이텍스트

펴낸곳 알토북스
출판등록 1978년 5월 15일(제13-19호)
주소 경기도 고양시 덕양구 청초로 10 GL메트로시티한강 A동 A1-1924호
전화 (02)719-1424
팩스 (02)719-1404
이메일 genie3261@naver.com

ISBN 979-11-94655-03-9 (03830)